PROMENADE EN FORÊT

ALEXANDRE HARDOIN

INTRODUCTION

— Mon Dieu, comme il fait froid ! s'exclama Pierre en soufflant dans ses mains pour se réchauffer.

C'était l'automne. La route était jonchée de feuilles orangées et jaunâtres : les souvenirs d'un été resplendissant s'évaporaient tandis que les jours raccourcissaient. Pour un mois d'octobre, la température était drôlement basse. Les arbres qui entouraient la voiture paraissaient menaçants. Leurs ombres leur donnaient un visage presque humain. Les feuilles bougeaient et s'envolaient dans tous les sens, comme si le vent venait de tous les côtés... comme si plus rien n'avait de logique.

Les parents de Christine habitaient à dix kilomètres du petit village de Gourdon, situé dans le sud-ouest de la France. Elle et Pierre étaient allés leur rendre visite. « Une simple visite de courtoisie », leur avaient-ils dit.

Pierre avait demandé Christine en mariage il y avait de ça tout juste deux semaines, persuadé qu'il avait devant lui la femme de sa vie. Peut-être était-ce le cas ? Le problème était tout autre. Elle avait dit oui mais à une condition : il fallait qu'il fasse sa demande à son père, en tête à tête. Ils pourraient ensuite officialiser leurs fiançailles et se marier l'année prochaine si les finances étaient au rendez-vous, bien entendu. Pierre avait trouvé ce concept complètement vieillot mais ce n'était pas grave. Il allait lui montrer, à ce Laurent, qu'il était digne de sa charmante fille. *Tu n'as plus le choix mon vieux, tu dois passer par là. Tu fais les yeux doux, tu accables ce papi de compliments et le tour est joué. La pilule passera toute seule.*

Il était loin du compte...

Malgré sa confiance apparente, il se préparait quand même à un refus. Il préférait envisager l'impensable pour ne pas s'effondrer si son pire cauchemar venait à se réaliser.

Mais son pire cauchemar était un doux rêve à côté de ce qui allait se passer, ce soir-là.

1

Christine et Pierre étaient arrivés à Gourdon en fin de journée. Ils s'étaient arrêtés au supermarché du coin pour y prendre une bouteille de vin rouge et un bouquet de roses. *Bon, j'aurais pu mieux faire mais tant pis, ça fera l'affaire. Après tout, c'est le geste qui compte, n'est-ce pas ?* se rassura intérieurement Pierre tandis que le soleil commençait déjà sa descente dans les ténèbres.

Moins d'une heure plus tard, ils arrivèrent chez les parents de Christine. La nuit était tombée, sans prévenir, et la lune régnait en maître sur son royaume de ténèbres.

Le beau-père, Laurent, était médecin généraliste, l'un des seuls dans les alentours. Il n'était pas le plus bavard des beaux-pères et n'avait pas du tout les mêmes centres d'intérêt que son beau-fils, ce qui n'aidait en rien la discussion. Pierre avait rendu visite à ses beaux-parents plusieurs fois durant ces deux dernières années mais ne s'était jamais attardé plus de deux nuits. Il s'ennuyait littéralement dans ce trou paumé : bien qu'immense, la maison sortait tout droit d'un autre âge et la chambre d'enfance de Christine, où le couple couchait, empestait l'humidité et la moisissure.

Ce n'était certainement pas l'endroit le plus chaleureux qu'il eut connu mais il n'avait pas le choix. Il fallait qu'il se fasse bien voir de ses beaux-parents, surtout maintenant qu'ils allaient leur annoncer leur grand projet de mariage.

— Ah ! On vous attendait, entrez donc vous mettre au chaud ! s'exclama Laurent en voyant le jeune couple s'approcher du palier.

Christine et Pierre entrèrent dans la maison. *Je déteste cette baraque, mais au moins ils ne lésinent jamais sur le chauffage !* pensa gaiement Pierre tout en enlevant sa veste. Une fois les salutations faites et les cadeaux offerts, toute la famille s'installa dans la salle à manger autour d'une bonne tasse de café bien chaud. Christine racontait à son père leur périple : les bouchons à la sortie de Bordeaux, le sanglier sauvage qu'ils avaient manqué de renverser à quelques kilomètres de Gourdon et, bien entendu, les fous furieux au volant qu'ils avaient croisés.

Laurent paraissait de bonne humeur. Sylvie, la belle-mère, était quant à elle assez pâlotte. Son regard était vide et constamment fixé sur un point précis, comme si elle était préoccupée par quelque chose. Elle ne parlait pas beaucoup, sauf pour demander si quelqu'un voulait encore du café ou s'ils n'avaient pas trop froid. Mais la bonne humeur de son beau-père, assez rare pour être notée, avait permis à Pierre de regagner quelque peu confiance en lui. *Tu peux le faire mon vieux ! Regarde, il est bien luné. Il n'y aura pas de meilleures occasions que celle-ci.* Il fit un signe de tête à Christine. Elle comprit tout de suite et emmena sa mère vers la cuisine, prétextant vouloir lui poser une question sur la recette de la tarte Tatin.

Assis à un mètre à peine de Laurent, Pierre saisit son courage à deux mains et commença son discours. Laurent le regardait fixement. Il était impossible de savoir ce qu'il pensait de la petite sérénade du prétendant de sa fille. Il restait de marbre, impassible.

« ... et donc, ce sont pour toutes ces raisons que je voudrais vous demander votre autorisation, ainsi que votre bénédiction. »

Le beau père était toujours de marbre tandis que des gouttes de sueur chaude commençaient à perler sur le front de Pierre : le stress était insoutenable. Mais la chose qu'il redoutait le plus au monde arriva : Laurent ouvrit la bouche, non pas pour lui répondre par un oui ou par un non, mais pour pousser un immense rire. Un rire si fort que les murs tremblaient au rythme de ses variations. Sa moustache grisâtre frissonnait, comme si elle était en vie et ses mains tapaient la table avec entrain, tout comme ses pieds le faisaient avec le sol. Pierre en eu des frissons, il aurait voulu pouvoir partir loin, très loin de cet ogre.

Le jeune homme ne pouvait pas bouger, il était comme paralysé par ce rire gras qui empestait le mépris. Ça n'en finissait plus. Que faisaient Christine et Sylvie ?! *Revenez, la plaisanterie est terminée !* Il se sentait terriblement seul.

— Mon projet de mariage, haha, elle est bien bonne celle-là ! Mon projet de mariage qu'il dit !

Il rigola alors de plus belle mais c'en était trop pour Pierre, qui lui répondit sèchement :

— Et en quoi est-ce si amusant que ça ?!

Laurent se figea net. Son visage de marbre, impassible, était de retour mais cette fois ses yeux brûlaient. Oui, ils brûlaient de haine.

— C'est amusant parce que ma fille ne se mariera pas avec un abruti de banquier comme toi ! Retourne dans ta ville t'enfumer les poumons mais n'emmène plus ma fille avec toi. Elle restera ici, à Gourdon, à la campagne avec nous ! Que ça te plaise ou non, espèce de petit con.

Pierre était abasourdi. Il n'avait jamais eu une grande affinité avec son beau-père mais il ne pensait pas une seule seconde qu'il pourrait, un jour, lui cracher ce genre de choses à la figure, en postillonnant à tout va comme pour marquer son territoire. Personne ne lui avait jamais parlé sur ce ton, même dans la cour d'école lorsqu'il était plus jeune, là où la loi de la jungle régnait pourtant.

Le choc figea Pierre pendant quelques secondes, se demandant s'il avait bien entendu. Tout était allé si vite, il n'avait rien vu venir. Il s'attendait à tout sauf à ça. Il inspira une grande bouffée d'air, comme s'il allait se mettre à crier à son tour mais, à son grand étonnement, ce fût une voix faiblarde et tremblante qui s'échappa de ses cordes vocales.

— Pourquoi me parlez-vous comme ça ? Où est le mal à vouloir épouser votre...

« VLAAAN ! »

Un bruit tout aussi aigu que la douleur émana de la joue de Pierre. Sans qu'il ne s'y attende, Laurent venait de lui asséner une gifle monumentale. Une rougeur de la taille d'une main apparaissait doucement sur sa joue gauche. La surprise l'avait empêché de pousser un cri, un cri qu'il aurait très bien pu pousser en temps normal tellement sa joue le piquait. Il avait envie de pleurer. Il se sentait victime d'une injustice et avait complètement perdu le contrôle de la situation.

Le jeune homme ne comprenait plus rien, il n'y avait aucune logique qui pouvait expliquer la réaction démesurée de son beau-père. Il pressa sa joue douloureuse de la paume de sa main, ce qui lui permit d'atténuer la douleur sans pour autant la faire totalement disparaître. Il leva alors les yeux vers Laurent qui s'était maintenant levé de sa chaise et qui l'observait avec un mépris non dissimulé.

Pierre se leva à son tour et ouvrit la bouche pour dire

quelque chose mais il n'en eut pas le temps. Sans prévenir, Laurent le poussa violemment et il tomba à la renverse sur sa chaise. Pierre eut à peine le temps de redresser la tête que Laurent avait levé sa botte terreuse pour la lui coller sur sa poitrine.

— Écoute-moi bien, toi. Quand je vais enlever ma godasse, tu vas te tirer sans dire un mot et retourner à ta voiture. Tu ne vas plus jamais remettre les pieds ici. Tu m'as compris ?

Il avait compris, oui. Il avait compris qu'il ne remettrait plus un pied chez ce fou furieux ! Dès que la chaussure se retira, Pierre se leva, reprit sa veste en vitesse et s'en alla en courant sans réclamer son dû. Il fila jusqu'à la voiture qui était garée sur le bord de la route quelques dizaines de mètres plus loin.

Dehors, il faisait froid. Beaucoup plus froid que dans la maison des parents de Christine mais il s'en fichait. Un vent frais soufflait dans ses oreilles mais le jeune homme suait encore à grosse gouttes et son cœur battait toujours la chamade. Pierre ne comprenait toujours pas ce qui avait bien pu se produire pour que son beau-père se mette dans un état pareil. Peut-être était-ce une chose qu'il avait dite ? Ou peut-être la raison était-elle toute autre ? *Quoi qu'il en soit, je ne vais pas chercher à savoir,* pensa-il tout en trottinant dans le vent froid d'octobre.

Pierre était maintenant à deux mètres de la voiture, une 206 qu'il avait achetée trois ans auparavant, un peu avant d'avoir rencontré Christine. Il se demanda alors s'il avait pensé à prendre les clés. Des frissons s'emparèrent alors de son corps. *Je ne retourne pas là-bas, je préfère encore rester dehors toute la nuit !* Il tâta ses poches vigoureusement et finit par tomber sur la fameuse clé. Soulagé, il déverrouilla la voiture et s'y engouffra en hâte.

A l'intérieur de la voiture, les bruits de la nuit paraissaient désormais éteints, comme si les arbres étaient devenus muets. Assis sur le siège, les mains sur le volant, il se rendit compte que son corps tout entier était parcouru de spasmes : il frissonnait. Il inséra la clé de contact et fit tourner le moteur pour allumer le chauffage. Que c'était bon de ressentir cette chaleur bienveillante qui envahissait la voiture ! Il aurait voulu rester là pour l'éternité. Il se sentait en sécurité dans ces trois mètres carrés de ferraille. Le jeune homme ferma alors ses yeux quelques secondes, il fallait qu'il fasse le vide dans sa tête.

Mais des bruits de pas vinrent le sortir de sa courte méditation. Un coup d'œil dans le rétroviseur de gauche lui dévoila une silhouette qui s'approchait hâtivement de la voiture. *C'est lui !* pensa Pierre avec la boule au ventre. Il alluma les phares et passa la première. Il était prêt à accélérer mais décida de jeter une dernière fois un œil au rétroviseur. La silhouette était beaucoup plus près maintenant et n'avait ni les formes disgracieuses, ni la taille de son maudit beau-père.

Christine tapa sur la vitre du côté passager et pointa du doigt la portière. Pierre déverrouilla la voiture et la laissa monter.

— Pierre ! Je suis tellement désolée. Je n'ai pas compris ce qui s'est passé ! Il ne m'a rien raconté mais à sa tête j'ai vu que ça n'a pas marché. Qu'est-ce que t'a dit mon père ?

— Ton père ?! Tu veux vraiment savoir ce qu'il m'a dit ?!

La peur faisait maintenant place à la colère.

— Qu'est-ce qu'il a encore fait ?

— ENCORE ?! Tu savais que ton père était complètement taré et tu ne m'as rien dit ?!

Christine ne répondit pas. Elle n'avait pas l'air de comprendre la gravité de la situation. *Cette enflure ne lui a même pas raconté ce qu'il s'est passé, quel lâche !* pesta Pierre en son for intérieur.

— Désolé ma chérie... Mais si tu savais ce qui est arrivé. Je lui ai fait mon discours et il s'est mis à rigoler, sans raison ! Je n'ai absolument rien dit de mal, j'en suis sûr. Je t'avais même récité le discours avant de venir et tu m'as dit que ça allait passer sans aucun souci. Je lui ai demandé ce qui était comique et... et il s'est mis à m'insulter ! Il me disait que je ne te méritais pas. Il m'a ensuite giflé et collé son pied à la gorge... Regarde ! lui dit Pierre tout en lui montrant sa joue. Christine, il m'a agressé, verbalement ET physiquement !

— Pierre je... Je ne sais pas quoi te dire. Je ne savais pas qu'il pouvait être capable d'une telle chose.

Sa petite amie, qui aurait dû maintenant être sa fiancée si tout s'était passé comme prévu, n'avait pas l'air de réaliser toute la gravité de la situation.

Pierre appuya sur l'accélérateur et relâcha l'embrayage. *Rester une seconde de plus dans ce coin paumé ? Surtout pas !* La voiture démarra brusquement et le bruit des pneus frottant le mélange de bitume et de graviers retentit dans la nuit. Ils roulèrent une centaine de mètres quand Pierre demanda :

- Qu'est-ce que l'on fait ?
- Je ne sais pas... Tu veux t'arrêter dans un café et discuter de tout ça ?
- Pourquoi pas, je suis exténué et j'ai grandement besoin d'une bière.

2

Ils roulèrent en silence en direction du village de Gourdon. Pierre revoyait la scène en boucle dans sa tête, si bien qu'il ne faisait même plus attention à la route. Après une petite vingtaine de minutes, ils arrivèrent au centre du village. L'animation n'était pas ce qu'il y avait de plus commun ici, même pour un vendredi soir. La plupart des volets des vieilles bâtisses qui entouraient la place centrale étaient fermés. La place ne montrait aucun signe de vie à l'exception d'un vieux chien qui avait l'air assez mal en point. *Pas très accueillant,* pensa Pierre. Mais ce n'était pas la première fois qu'ils venaient à Gourdon. À chaque fois c'était la même chose : le cœur du village était désolé, comme si une catastrophe nucléaire avait chassé ses habitants en hâte.

Il se mit alors à repenser à sa belle-famille. L'atmosphère qui régnait dans leur maison était d'une froideur difficile à expliquer et cela n'avait rien à voir avec la température ambiante. Pierre n'était jamais resté plus de deux nuits d'affilée, prétextant une urgence au bureau pour rentrer le plus vite possible. Lui qui était citadin depuis sa tendre enfance, ce trou paumé le rendait mal à l'aise. Il éprouvait une certaine honte mais il ne pouvait rien y faire. La nature, les arbres, les cris des animaux sauvages qui résonnaient au loin ne l'apaisaient pas : ils le désorientaient. Il n'avait qu'une hâte à chaque fois qu'il était dans un endroit similaire et c'était de retrouver sa jungle de béton, où l'homme était au sommet de la chaîne alimentaire.

À cet instant précis, il ne rêvait que de retrouver le doux ronronnement des voitures, le fond sonore des discussions de centaines d'inconnus et, surtout, leur appartement situé au quatrième étage dans un immeuble sécurisé, bien à l'abri des turbulences extérieures. Le problème avec les maisons était qu'elles disposaient d'un trop grand nombre de fenêtres : allez savoir si vous les aviez toutes verrouillées avant de vous coucher bien tranquillement dans votre lit, fatigué par une dure journée de travail.

Pierre gara la voiture sur un parking pratiquement désert juste en face du bistrot du coin. Un bistrot qu'avait chaudement recommandé Christine qui raffolait de leur purée. Ce n'était pas son plat préféré et il ne comprenait pas très bien que l'on puisse commander de la purée dans un établissement mais c'était le seul bistrot du coin, de toute façon. Et puis Pierre ne se voyait pas continuer la route jusqu'à la prochaine ville de taille correcte sans avoir décompressé un petit peu. Ils allaient devoir prendre une chambre d'hôtel pour la nuit. Ils remonteront sûrement à Bordeaux le lendemain, très tôt le matin pour éviter les éventuels embouteillages sur la route.

Le couple sortit de la voiture et se mit à marcher en direction du bar-restaurant avec une hâte non dissimulée. Le vent soufflait toujours avec la même intensité. C'était un vent très froid qui pénétrait un peu plus dans les vêtements à chaque bourrasque. *Vivement que je sois au chaud avec une bonne bière à la main. J'ai une de ces dalles aussi !*

Le souhait de Pierre fût rapidement exhaussé. Christine avait réussi à le convaincre de tester la fameuse purée dont elle raffolait tant. La bouillie ratatinée de patates garnie de lambeaux de jambon rosés et de fromage râpé ne faisait pas très envie mais Pierre était si affamé que rien ne pouvait l'empêcher de dévorer ce plat qui, en d'autres circonstances, lui aurait certainement moins plu.

Ils mangèrent en silence. Tout comme Pierre, Christine finit son assiette d'une traite mais ne toucha pas à sa bière, qu'elle s'empressa de donner à Pierre après avoir vu qu'il avait englouti la sienne. Elle sortit son téléphone de son sac à main et commença à taper sur le clavier.

— Tu écris à qui ?

— À ma mère. Je lui dis qu'on est descendu à Gourdon et que, vu les circonstances, on ne dormira bien évidemment pas à la maison.

— Effectivement… C'est bizarre, reprit Pierre après une gorgée de bière, mais plus le temps passe et plus j'ai l'impression que ce qui s'est passé n'était qu'un rêve, ou plutôt un cauchemar. Et pourtant, tout ceci était bien réel.

Christine se contenta de hocher la tête, toujours concentrée sur son petit bijou électronique. Pierre prit une gorgée, puis une autre. Sans même s'en rendre compte, il venait d'engloutir la bière généreusement offerte par Christine en quelques minutes seulement. Il fit signe de la main au barman mais celui-ci rétorqua de l'autre côté de la pièce :

— Désolé, p'tit gars. Je ferme. Il n'y a personne et je ne vais pas m'éterniser juste pour un client. Tu comprends, j'espère ?

Après avoir payé l'addition et l'avoir traité de tous les noms d'oiseaux inimaginables dans sa tête, Pierre s'en alla à contrecœur suivi de Christine. C'était vraiment une soirée pourrie.

L'atmosphère qui régnait dehors n'avait toujours pas changé. La place centrale était maintenant complètement déserte, le vieux chien ayant sûrement trouvé mieux à faire que d'errer dans un village mort, dans le froid. Pierre sorti les clés de sa poche quand il poussa un immense « MERDE ! » qui fit écho dans les rues désertes aux alentours.

— Qu'est-ce qu'il y a, t'as vu un fantôme ? lui demanda Christine, visiblement surprise.

— Je n'ai pas mon téléphone sur moi. Je crois que je l'ai oublié, *là-bas*.

— Allons regarder au bar avant de tirer des conclusions hâtives.

— Non, ce n'est pas la peine. En partant j'ai bien vérifié s'il manquait quelque chose. Je pensais l'avoir dans la poche de ma veste, j'en étais presque sûr.

— T'es sûr qu'il n'est pas dans la voiture ?

La 206 se déverrouilla et ils s'y engouffrèrent à la recherche du portable mais ce dernier restait introuvable.

— Bon, écoute, je le prendrai demain matin, d'accord ? On passe la nuit dans un hôtel et dès le matin je m'occuperai du téléphone. Je n'ai juste pas envie d'affronter mon père ce soir, après tout ce qui s'est passé. Tu sais, cette situation me fait autant de mal qu'à toi.

Il acquiesça en silence même s'il ne pensait pas que la dernière phrase prononcée par sa petite amie était vraiment sincère. Mais il était inutile de polémiquer ce soir.

— Laisse-moi conduire, Pierre. Je préfère, même si c'est ta voiture.

— Je suis en état de conduire, Christine.

— Non, tu t'es sifflé deux bières.

— Tu crois qu'il suffit de deux bières pour me saouler ? Je pensais que tu me connaissais mieux que ça ! lui répondit-il d'un ton moqueur qui énerva quelque peu sa compagne.

— Peut-être mais j'ai bien vu comment tu étais quand on est parti de chez mes parents tout à l'heure. Plusieurs fois tu as failli finir dans le fossé. Tu n'es pas en état de conduire ! Je suis désolée mais c'est comme ça. Arrête de faire des histoires pour rien.

En entendant cette dernière phrase, il eut envie de lui crier au visage ses quatre vérités. Il se retint mais la colère grandissait en lui, elle grondait de plus en plus fort. Mais peut-être avait-elle raison ? La fatigue le gagnait de plus en plus. Elle s'était invitée sans prévenir. Il était exténué. Trop de choses s'étaient passées en trop peu de temps.

La voiture démarra, Christine au volant.

Le chauffage et le ronronnement de sa 206 berçaient Pierre. La fatigue le gagnait de plus en plus et le jeune homme sombra rapidement dans les bras de Morphée.

3

« B*AAAAAM !* »

Une douleur atroce se dessina sur le front de Pierre. Il se réveilla en sursaut. Décidément, la réalité était bien plus cauchemardesque que les rêves.

La voiture était arrêtée. En face d'elle, l'ombre d'un arbre se dessinait dans la nuit : un immense arbre, bien dur et solide, du moins plus que la voiture. C'était le genre d'arbre que personne n'aimerait percuter. Et pourtant, Christine l'avait fait.

— Bordel Christine ! Qu'est-ce que t'as fait ?!

Avec la stupeur, sa douleur au front avait disparu, mais c'était pour mieux revenir par à-coup, de plus en plus fort. Il se toucha le front et sentit un liquide chaud couler le long de ses doigts. Il devina ce que c'était mais ne pouvait quand même pas s'empêcher de regarder sa main par réflexe. Il faisait sombre, et pourtant, il put distinguer très clairement le contraste entre le liquide et sa peau blanche comme un cachet d'aspirine. Un cachet d'aspirine dont il aurait d'ailleurs grandement besoin à l'heure actuelle.

Pour une raison qu'il ignorait, son *airbag* ne s'était pas déclenché, contrairement à celui de sa compagne. Pierre n'y prêta pas plus attention que cela : Il était clairement sous le choc et avait d'autres chats à fouetter.

— Oh merde ! Tu saignes Pierre !

— Bravo, quelle déduction ! Sherlock Holmes n'est pas ton père par hasard ?!

A peine eut-il finit sa phrase qu'il la regretta amèrement. L'émotion lui faisait dire des choses qu'il aurait mieux fait de garder pour lui. Sans mot dire, sa petite-amie détacha sa ceinture, ouvrit la portière et sortit précipitamment de la voiture. Un vent froid s'engouffra alors dans le véhicule, faisant frissonner Pierre. C'était donc dans ce froid glacial qu'ils allaient devoir passer la nuit si la voiture n'arrivait plus à démarrer ? *Bordel, j'espère que non !* se dit-il tout en ouvrant à son tour la portière du côté passager.

— Ma chérie, où tu vas comme ça ?

— Laisse-moi, t'as compris ?! Laisse-moi tranquille.

— Christine, ne fait pas l'idiote ! Il fait froid et on ne sait même pas où l'on est. Écoute, je suis dé...

Il se sentait coupable mais sa conscience lui souffla soudain quelque chose d'autre à l'oreille. C'était un doux ronronnement qui le caressait dans le sens du poil et qu'il adorait entendre à chaque fois qu'il devait se remettre en question. *Pourquoi culpabilises-tu ? Après tout, c'est à cause de son taré de père qu'on se retrouve dans ce pétrin. Et puis, ce n'était pas toi qui conduisais la voiture,* se rassurait-t-il intérieurement. Oui, ce n'était pas de sa faute ! C'était lui la victime, pas *elle*.

Il n'en pouvait plus. Si elle voulait partir, qu'elle le fasse ! Après tout, elle était assez grande pour faire ses propres choix. *Je vais vérifier si la voiture peut toujours rouler*, pensa-t-il tout en tournant les talons pour retrouver la chaleur enivrante de la voiture froissée.

Mais à peine eut-il fait un mètre qu'il entendit un bruit sourd suivi d'un cri strident : celui de Christine.

4

— Pierre, à l'aide !

— Christine ?! Ne bouge pas, j'arrive !

Le côté macho s'était évaporé aussi rapidement qu'il était venu, laissant place à la peur. Il se mit à courir en direction de la voix. Les phares de la voiture s'étaient éteints lors de l'accident et aucun lampadaire ne semblait joncher cette route sinueuse. Seuls les rayons de la pleine lune qui se réfléchissaient sur l'asphalte froid offraient une quelconque source de lumière dans cette obscurité malfaisante.

Pierre courait à toute vitesse en direction de Christine. Il n'y voyait pas grand-chose mais elle ne pouvait pas être bien loin. Pourquoi n'était-elle pas restée sur la route ? Quelle idée de s'aventurer à l'aveugle dans un tel endroit.

La forêt qui bordait la route n'était guère accueillante. Le vent remuait les feuilles des arbres en permanence et leur sifflement était constant.

— Je suis là !

Pierre s'arrêta net et vit Christine quelques mètres plus

loin, assise dans l'herbe sur le bas-côté de la route. L'immense forêt se dressait derrière elle, prête à l'engloutir.

Les yeux de Pierre s'étaient peu à peu habitués à l'obscurité et il arrivait dorénavant à discerner sans trop de mal la silhouette féminine de Christine. Elle se tenait la cheville tout en poussant des petits cris de douleur.

— Ça va ? Que s'est-il passé ?

Bien sûr que non ça n'allait pas. Quel con je suis, pensa-t-il à peine eut il posé sa question.

— Je suis tombée. J'ai super mal à la cheville !

— Laisse-moi voir, lui répondit-il avec une voix qui se voulait réconfortante.

Il s'accroupit en face de Christine et essaya tant bien que mal d'y voir quelque chose. Sa cheville n'avait pas l'air d'être enflée, peut-être n'était-ce pas grave finalement. Son métier de cadre financier dans une banque ne lui permettait pas d'en avoir le cœur net mais Christine, qui était pharmacienne, devait probablement en savoir plus sur sa propre blessure. Pierre se sentait inutile, honteux même : il avait réagi au quart de tour et voilà que sa dulcinée s'était blessée.

Le sentiment d'impuissance qui coulait en lui était insoutenable.

— Je... je crois que ce n'est pas grave, bégaya-t-il avec peu de conviction.

— Tu es sûr ? murmura Christine.

— Passe-moi ton téléphone, il me faut un peu de lumière.

Christine tâta les poches de sa veste : rien. Elle fit de même avec les poches de son jean mais ses mains en ressortirent bredouilles.

— Pierre, je...

Il savait déjà ce qu'elle allait dire.

— Je ne l'ai pas.

Bon, pas de panique, pensa-t-il en sentant son cœur battre un peu plus fort. *Elle l'a sûrement oublié dans la voiture.*

— Il doit être dans la voiture. Essayons d'abord de te remettre debout, lui dit-il tout en se redressant. Passe-moi ta main.

Christine agrippa le poignet de son petit ami et essaya tant bien que mal de se redresser.

— Voilà, on a fait le plus dur, la réconforta Pierre avec un sourire forcé. Essaie de marcher pour voir.

Sa jambe gauche se leva sans mal mais au moment de reposer son pied, elle flancha et manqua de tomber. Pierre la rattrapa in extremis.

— Aïe ! Je me suis vraiment foulé la cheville je crois, s'écria-t-elle. Tu peux m'aider, s'il te plait ? Laisse-moi m'appuyer sur toi et allons chercher mon téléphone dans la voiture.

Christine enroula son bras droit autour du cou de Pierre et le couple s'avança péniblement vers la voiture cabossée qui se trouvait quelques dizaines de mètre plus loin. L'air était toujours froid mais faisait maintenant du bien à Pierre qui avait le crâne de plus en plus brûlant.

— Tiens, assieds-toi sur le capot pour te reposer, lui suggéra le jeune homme une fois qu'ils eurent atteint le véhicule.

— Non, Pierre, je vais y aller. Tu as eu un choc violent à la tête. C'est surtout toi qui devrais te reposer !

— Mais non, mon cœur. Je vais très bien. Je peux parfaitement marcher. Je n'ai pas envie que tu te cognes la cheville dans la voiture et que ça empire.

Christine paraissait étrangement agacée. Pierre comprenait qu'elle craignait sans-doute une commotion cérébrale mais pour le moment il restait celui qui disposait de plus de mobilité. Sans attendre la réponse de sa compagne, il se dirigea du côté conducteur, laissant Christine assise sur le capot.

Heureusement que je suis assuré à 100%, se dit Pierre en constatant l'ampleur des dégâts. Il ouvrit la portière gauche et se glissa dans l'habitacle en essayant avec difficulté de pousser l'airbag hors de sa trajectoire. *Dire qu'il ne s'est pas déclenché de mon côté. C'est vraiment la place du mort... J'ai vraiment eu de la chance. Ça m'apprendra à ne pas faire contrôler ma voiture plus souvent.* À la pensée de ce qui aurait pu lui arriver, Pierre frissonna de tout son corps. *Pense au positif mon pote, ça aurait pu être bien pire.*

Il partit à la recherche du téléphone du Christine. Il fouilla la boîte à gants, tâta maintes fois le plancher et plongea sa main entre les sièges mais l'appareil restait introuvable.

— Je ne le trouve pas ! C'est vraiment bizarre, tu l'avais au bistrot pourtant. Bon, je vais essayer de démarrer la voiture.

Christine ouvrit la bouche mais aucun son n'en sortit. Pierre n'y prêta pas attention et inséra la clé de contact. Il senti la petite résistance habituelle mais il n'entendit ni le bruit du moteur ni le *bip* qui survenait lorsque sa chère 206 démarrait. Il fit plusieurs tentatives, mais en vain. Le jeune homme ouvrit alors la boîte à gants pour y récupérer son permis de conduire et sa carte grise qu'il fourra dans sa veste avant de ressortir de ce tas de ferraille, dorénavant réduit à l'état d'épave.

— Il n'y a absolument aucun contact ! Le moteur ne s'allume même plus. Rien ne marche.

— Ah ! lui-répondit Christine avec stupeur. Merde... Il faut dire qu'elle est vraiment cabossée. Cela ne m'étonnerait pas que le moteur se soit cassé ou qu'il y ait eu une fuite au moment de l'impact.

— Oui, peut-être.

Les voitures n'avaient jamais été son truc. Tant que ça roulait, ça lui allait. Peut-être aurait-il dû mieux se renseigner, pensa-t-il amèrement. Sans aucun moyen de communiquer avec l'extérieur, il fallait que le couple trouve une solution rapidement au risque de passer la nuit dans cet endroit qui n'était pas des plus accueillants.

— Bon, du coup. On fait quoi ? reprit Pierre.

— Je sais où on est, Pierre.

— Tu sais où on est ? Tu es sûr Christine ? Pour moi tout se ressemble ici.

— J'ai grandi dans le coin, ne t'inquiète pas. On n'est pas trop loin de Gourdon. J'ai dû rouler une trentaine de minutes avant de percuter l'arbre, ce qui veut dire que...

— D'ailleurs, la coupa Pierre, comment as-tu fait pour rentrer dans un truc aussi gros ?! J'ai beau me repasser la scène en boucle, je ne comprends toujours pas comment tu as pu te le prendre.

La blessure à la cheville de sa petite amie et le remord qu'il avait éprouvé par la suite l'avait distrait de cette question qui lui brûlait pourtant les lèvres. Christine lui devait des explications mais cette dernière était visiblement très énervée. Elle fixait Pierre, le blanc de ses yeux ressortait dans la pénombre. Le jeune homme en colère se fit alors une raison : cette discussion devrait attendre dans l'intérêt de leur couple qui venait de vivre son plus grand challenge... jusqu'à maintenant. *Arrête ça tout de suite !* se dit-il à lui-même, *ce n'est ni l'endroit, ni le moment... Surtout pas l'endroit.*

— Pierre, tu vas arrêter de me parler de cette façon tout de suite ! lui rétorqua Christine d'un ton sec.

— Désolé, c'est que je n'en peux vraiment plus... Comprends-moi aussi, ma chérie. Cette soirée aurait dû être *notre* soirée, la plus belle de notre vie, jusqu'au mariage du moins. Regarde où l'on est maintenant.

— Je sais mon amour mais n'en parlons pas maintenant. Écoute, je suis vraiment désolée de ce que mon père t'a fait subir mais ce n'est pas une raison pour reporter ta colère sur moi.

Pierre acquiesça en silence mais ne put s'empêcher de ressentir un mélange d'émotions contradictoires. En lui sommeillait une mixture improbable de tendresse, de colère et, surtout, d'incompréhension envers celle qui se trouvait devant lui.

— Bref, je disais donc : je sais où l'on est. Il y a un hameau pas très loin. Probablement à un quart d'heure de marche. Il n'est vraiment pas très loin. On continue de longer la route pour le moment et on devrait apercevoir une intersection un peu plus loin. On prendra à droite, ça nous mènera là où on veut aller.

Voyant que son interlocuteur ne répondait pas, elle continua :

— Allez, on y va Pierre. Je n'ai pas envie de perdre ne serait-ce qu'une seconde ici ! Tout comme toi, j'ai envie de me reposer. Le temps presse, il faut y aller. Aide-moi s'il te plait, lui dit-elle tout en passant son bras autour de son cou.

Visiblement, Pierre n'avait pas son mot à dire. Mais après tout, Christine connaissait la région comme sa poche. Elle y avait toujours vécu, avant de déménager à Bordeaux deux ans plus tôt. Ils s'étaient rencontrés peu de temps après son déménagement via une application de rencontre. Comme Christine, il avait tout juste la trentaine et ne pensait pas s'établir avant la quarantaine mais les choses s'étaient faites d'elles-mêmes, naturellement. Pourquoi résister lorsque les étoiles semblent parfaitement alignées ? Avec du recul, Pierre se dit que tout s'était très vite enchaîné, un peu trop vite en fait. Mais peu importe, c'était la vie et il n'y avait rien de mal à céder aux doux plaisirs de l'amour...

5

Au loin, une chouette se mit à hululer ce qui fit frissonner Pierre. La décision avait été prise : il ne remettrait jamais les pieds dans ce trou paumé. Jamais de la vie. C'en était trop. Il aimait Christine mais plus jamais il ne reviendrait avec elle dans cette région qu'il méprisait désormais plus que tout. *Elle comprendra mon point de vue,* se dit Pierre. *Sinon, tant pis. Je n'ai qu'une hâte et c'est de me tirer d'ici le plus vite possible.* L'ébullition de la ville lui manquait terriblement. Il se sentait en sécurité entouré d'une foule d'inconnus. Ici, seul le vent dans les arbres et les bruits lugubres de la forêt qui les entourait se faisaient entendre.

Même son travail routinier à la banque lui semblait être de véritables vacances en comparaison. *Tiens, j'aurais grandement besoin d'une tasse de thé bien chaud, là,* se dit-il en rêvant de retrouver son petit confort qui lui paraissait déjà si lointain. Tout lui semblait déjà acquis dans la vie, pourtant les imprévus n'étaient jamais loin et cette expérience le lui fit réaliser.

— C'est encore loin, mon cœur ? demanda Pierre après une dizaine de minutes.

— Non, je ne crois pas. Normalement on bifurquera sur un chemin dans très peu de temps.

— Un chemin ? Tu veux dire une route ?

— Heu... Un chemin, quoi. Je ne comprends pas ta question, marmonna Christine.

Il décida de laisser tomber. Visiblement, Christine ne faisait pas la différence ou, du moins, ne voulait pas la faire. Mais ce qu'il redoutait arriva très vite.

— Ici ! On tourne à droite et on marche sur 500 mètres environ. On devrait arriver au hameau, lui annonça Christine avec entrain.

C'est un chemin, ça ? Bordel, c'est un sentier en terre dégueulasse.

— Christine ?! Ça mène tout droit dans la forêt. Je ne pense pas que ça soit très prudent à cette heure.

— Ne t'en fait pas, lui répondit-elle avec un calme déconcertant. C'est un sentier de randonneurs bien connu des habitants de la région. Aucune crainte à avoir, je m'y suis promenée un nombre incalculable de fois !

— Je n'ai pas envie de me faire bouffer par des bêtes sauvages ! C'est hors de question que je m'aventure là-dedans, lui cria Pierre qui sentait ses nerfs lâcher à nouveau.

Tout en gardant son bras autour du cou de Pierre, Christine se tourna d'un air exaspéré et lui lâcha une réplique qu'il n'aurait jamais pu imaginer de sa douce princesse.

— Pierre, arrête de faire ta *putain* de chiffe molle, d'accord ?!

— Hein ?! Ça ne va pas ou quoi ?! lui rétorqua Pierre, choqué par un tel affront.

— Tu ne me fais jamais confiance et je commence à en

avoir ras le bol de tes airs hautains. Tu me parles comme un chien depuis tout à l'heure, alors si veux jouer à ce petit jeu avec moi, pas de souci. J'y jouerai volontiers, moi aussi.

Pierre s'apprêtait à rétorquer mais il n'en eut pas le temps.

— Je me suis foulé la cheville, je ne peux pas marcher seule ! On ne va pas se coltiner plusieurs bornes pour arriver au village le plus proche. Ça va nous prendre toute la nuit vu la vitesse à laquelle on va. Ce n'est ni l'endroit, ni le moment pour se faire une petite ballade romantique, Pierre ! Je sais que le hameau se trouve à la fin de ce sentier. En une quinzaine de minutes on y sera et on pourra appeler les secours pour être évacués. Il faut que tu ailles à l'hôpital le plus vite possible. Je suis pharmacienne, je te rappelle. Je sais ce qu'une commotion cérébrale peut provoquer et crois-moi que ce n'est pas une partie de plaisir !

— Mais... Peut-être que si l'on continue sur la route principale, une voiture passera. Là on s'enfonce dans un sentier lugubre, sans lumière. C'est complètement absurde !

— As-tu aperçu une seule voiture depuis qu'on est coincé sur cette foutue route ? Hein ? Vas-y, j'attends ta réponse, Monsieur je sais tout.

Pierre resta silencieux. *Elle marque un point, mon vieux. Mais je n'ai pas non plus envie de me faire embrocher par un sanglier en pleine forêt.*

— Mon amour, lui souffla à nouveau Christine, voyant qu'il ne répondait pas. Fais-moi confiance, d'accord ? Il y a des maisons de l'autre côté de ce sentier. Ce n'est vraiment pas loin, je te promets. On y sera avant même de s'en rendre compte.

Qu'est-ce que j'ai à perdre ? pensa le jeune homme avec dépit. *Cette soirée est complètement catastrophique. A ce point-là, je n'en ai plus rien à foutre de toute façon. Si je peux être au chaud à l'arrière d'une ambulance d'ici moins d'une heure, ça me va.*

— Bon allons-y. Mais si on ne peut pas voir où l'on met les pieds, on fait demi-tour.

— Bien entendu, lui répondit Christine.

6

Le couple s'engagea doucement sur le sentier. Une fois la lisière de la forêt franchie, le vent s'était calmé et seul le bruit de leurs pas résonnait. Par chance, le sentier en terre n'était pas trop glissant et relativement plat. Les arbres les entouraient de toute part mais le clair de lune leur permettait d'avoir un minimum de luminosité pour se guider.

— Ça va ? demanda Pierre à Christine.

— Ça peut aller mais je commence sérieusement à avoir des crampes à force de marcher sur une jambe.

— Tu veux faire une pause ? lui demanda Pierre.

Dis-moi que non, je t'en supplie. Moins on passera de temps dans cette forêt, mieux je me porterai. Au grand soulagement de Pierre, Christine lui répondit que non, elle n'avait pas besoin de faire une pause. Comme lui, elle semblait vouloir en finir avec ce maudit sentier.

Ils continuèrent leur périple en silence, tout en faisant très attention où ils mettaient les pieds. *Ce serait débile que moi aussi je me foule la cheville !* pensa Pierre avec un mélange d'exaspération et d'humour noir.

— Je crois que j'aperçois quelque chose ! s'exclama Pierre après quinze minutes de marche.

Devant eux, des faisceaux lumineux commençaient doucement à se dessiner à travers le feuillage. La lumière se faisait graduellement de plus en plus forte quand soudain la terre battue sur laquelle ils marchaient depuis un quart d'heure fit place à de l'herbe fraîche.

Une clairière se dessina alors devant eux. Un 4x4 blanc y était garé et, à quelques mètres du véhicule, un bungalow en bois se dressait, comme une oasis au milieu du désert.

— On y est ! s'écria Pierre avec joie.

— Tu vois ? Je te l'avais dit !

— En même temps, il faut reconnaître que ce sentier fout vraiment la pétoche ! rétorqua-t-il en rigolant de vive voix.

Pierre était tellement heureux d'apercevoir un signe de la civilisation : *Enfin une bonne nouvelle !*

De la lumière filtrait à travers les deux petites fenêtres de la cabane : quelqu'un était très certainement à l'intérieur. Pierre se demanda alors si cette personne, ou ces personnes, habitaient là à l'année ou si ce n'était qu'une résidence secondaire que des citadins avaient acquise pour s'évader de leur quotidien monotone. Cependant, la clairière n'abritait aucune autre habitation. Le hameau tant promis par Christine n'était pas vraiment ce qu'avait espéré Pierre mais cela importait peu. Des gens seraient en mesure de les aider et c'est tout ce qui comptait.

Ils continuèrent leur marche, se dirigeant avec lenteur mais le cœur vaillant vers le palier de la cabane en bois. En passant devant le 4x4, ils remarquèrent des traces de rouille sur la peinture blanche écaillée qui trahissaient le mauvais état du véhicule. C'était décidément un vieux modèle, sans aucun doute.

Mais ce qui intrigua Pierre était le silence qui semblait régner à l'intérieur de la cabane. Un silence absolu. La clairière aussi était silencieuse, seul le vent soufflait. C'était comme si les cris nocturnes de la forêt qu'ils entendaient jusqu'ici avaient complètement disparu. *Peut-être que la personne qui habite ici dort déjà ? Pourquoi laisser la lumière allumée alors ? Peu importe, on n'a pas le choix de toute façon. Ce n'est pas le moment d'être courtois.*

Pierre savait au fond de lui que quelque chose clochait mais cette soirée n'avait rien de normal, après tout.

— Vas-y, frappe, lui ordonna Christine.

Il frappa trois coups.

Des chuchotements se firent entendre. Deux individus au moins étaient en train de murmurer quelque chose derrière la porte. *Certes, entendre quelqu'un frapper à votre porte dans cet endroit isolé à cette heure tardive ne doit pas être quelque chose de commun,* se dit Pierre.

Nerveuse, Christine se dégagea de Pierre qui l'avait soutenue depuis l'accident. Le jeune homme décida alors d'engager la conversation :

— Excusez-nous de vous importuner à cette heure-ci mais nous avons eu un accident de voiture.

Il tendit l'oreille. Les voix cessèrent.

— Est-ce qu'il serait possible d'utiliser votre téléphone ? continua Pierre, d'un ton qu'il voulait rassurant, mais aucune réponse ne se fit entendre.

Il reprit alors :

— Ma petite-amie est blessée et nous avons grandement besoin d'une ambulance. Elle ne peut pas marcher, voyez-vous.

Les murmures reprirent brièvement avant de cesser une nouvelle fois. Quelques secondes passèrent puis des bruits de pas émanèrent soudain de la petite bâtisse : quelqu'un s'avançait vers la porte d'entrée.

L'angoisse de Pierre monta d'un cran. Comment le couple allait-il être reçu par ces étrangers ? Les histoires sur les gens du coin que Christine lui avait racontées n'étaient pas des plus rassurantes. *Heureusement, elle est avec moi. Peut-être connaît-elle les propriétaires des lieux ? Après tout, tout le monde se connait dans le coin,* se dit Pierre pour se rassurer.

Les pas cessèrent et un jeu de clés se fit entendre. La poignée s'abaissa doucement et la porte s'ouvrit enfin.

7

« VLAN ! »

Pierre s'effondra sur le sol, tête la première, alors que le porte s'entrouvrait devant lui. Il voyait trouble et ses yeux se refermaient malgré lui. Il poussa un faible cri de douleur et de stupeur : on venait de lui asséner un coup violent sur l'arrière du crâne.

Il ne savait plus où il était. Ses bras essayaient maladroitement de prendre appui pour le soulever : un automatisme de survie, sûrement, mais ils n'y parvinrent pas. Il était trop faible et se sentait lentement partir. À l'exception de ses bras qui bougeaient toujours de façon aléatoire et désordonnée, tout son corps restait immobile.

Ses yeux se fermèrent complètement. Il n'avait plus mal. Enfin, beaucoup moins. Il sentait la fatigue le gagner. Oui, il allait sombrer une nouvelle fois dans les abysses... lorsqu'une voix masculine qu'il ne connaissait que trop bien émergea de l'intérieur de la bâtisse :

— Ah ! C'est bien, tu l'as eu comme un bleu, Christine !

Son sang ne fit qu'un tour et Pierre revint à lui. Ses yeux s'écarquillèrent tandis qu'une deuxième voix, féminine cette fois mais tout autant familière, s'éleva à son tour de la cabane :

— Ne perdons pas de temps. J'en ai ma claque de tes histoires !

Puis la voix de Christine résonna derrière lui :

— Papa, maman, il bouge toujours !

Laurent laissa échapper un petit cri de surprise. Soulevant Pierre par les épaules, il le traîna à l'intérieur du petit bungalow.

— Ferme la porte, tu veux bien ? Et laisse la batte dehors, on n'en aura pas besoin, ordonna Laurent à sa fille.

Pierre entendit la porte se refermer. La lumière était vive mais il était encore trop engourdi pour discerner l'intérieur de ce qu'aurait dû être son oasis. Une odeur nauséabonde lui montait aux narines. La pièce empestait la pourriture.

— Ça pue ici ! Vous n'avez pas nettoyé depuis la dernière fois ? demanda Christine en faisant mine de se boucher le nez.

— Tu es bien fragile, à se demander si tu ne tiens pas plus de ta mère que de moi ! lui répondit son père d'un ton dégagé.

— Laurent, ça suffit. J'en ai assez que tu me dénigres en permanence ! lui répondit sèchement Sylvie, de l'autre côté de la pièce.

La remarque de sa femme lui passa au-dessus de la tête. Laurent continuait de traîner sa victime sans se soucier le moins du monde de ce que sa femme pouvait bien penser. Une fois le fond de la petite pièce qui servait à la fois de salon, de salle à manger et de cuisine atteinte, le beau-père s'arrêta en face d'un lit simple aux draps moisis recouverts d'humidité et de substances difficilement identifiables. Il retira la veste de Pierre en hâte.

Pierre ouvrit les yeux plus amplement et scruta la pièce

dans laquelle il se trouvait : quelques chaises, une vieille télé poussiéreuse qui n'avait probablement pas été utilisée depuis des lustres ainsi qu'une kitchenette, située à l'opposé du lit, paraissaient être le seul aménagement. Une porte qui menait à ce qu'il soupçonnait être la salle de bain était dissimulée à droite de la kitchenette, à quelques mètres en face de la porte d'entrée.

Laurent jeta Pierre sur le lit à une place. Ce dernier se cogna la tête, à l'endroit même où Christine lui avait assené un méchant coup quelques minutes plus tôt, contre le mur auquel était adossé le lit. À peine eut-il le temps de ressentir la moindre douleur que Laurent lui attrapa les mains.

— Sylvie, attrape-lui les pieds ! cria Laurent.

Sa femme s'empressa d'obtempérer et agrippa les chevilles de Pierre qui sentit la peur le gagner. Il était toujours groggy mais avait regagné ce qu'il lui restait de conscience et de force pour se débattre.

— Lâchez-moi ! Qu'est-ce que vous me voulez ? hurlait-il en gesticulant.

— Ta gueule ! lui répondit sèchement le beau-père.

— Christine, aide-moi ! cria Pierre en larmoyant.

C'est alors que Laurent lui asséna une gifle, la deuxième de la soirée. Il souffrait, beaucoup, mais la surprise, la peur et l'adrénaline avaient pris le dessus. Il se mit à hurler comme un animal en cage tandis que ses jambes gesticulaient, prisent d'une frénésie incontrôlable.

— Christine, les menottes, maintenant ! ordonna Laurent, visiblement essoufflé et surpris de la vigueur de son gendre malgré tout ce qu'il avait enduré aujourd'hui.

La jeune femme se précipita vers un placard du coin cuisine situé sous l'évier et y sortit deux paires de menottes. Elle se dépêcha ensuite de rejoindre son père qui essayait tant bien que mal de maintenir les bras de Pierre contre le fin matelas du lit.

— Vas-y, mets-les-lui, maintenant !

Un bruit métallique se fit entendre... puis un deuxième. Le poignet gauche de Pierre était maintenant prisonnier des menottes, reliées aux barreaux du lit militaire.

— Bien, passe-moi la deuxième paire. Je m'occupe du reste, lui dit Laurent qui avait retrouvé son calme et regagné en confiance.

Pierre se rendit compte de ce qui était en train de se passer : *ils* allaient lui menotter les deux mains aux barreaux du lit. *Ils* voulaient le garder prisonnier de cet endroit infâme. Mais dans quel but ? C'était une question dont il aimerait ne jamais découvrir la réponse.

Il gesticula de toutes ses forces. Son bras droit, toujours libre mais maintenu contre le matelas par la forte pression qu'exerçait la grosse paluche de son beau-père, essayait de se dégager mais c'était sans succès : ils étaient trois contre un. Il remua ses jambes de toutes ses forces. Son but ? Asséner un coup de pied à Sylvie afin de la faire lâcher prise. Le premier coup ne brassa que du vent mais le deuxième tapa dans le mille : il entendit un cri de surprise et de douleur lorsque son pied percuta ce qui semblait être un menton.

— Maman ! s'exclama Christine.

Mais ce contretemps ne suffit pas à faire flancher Laurent qui continuait de maintenir Pierre de toute ses forces, l'empêchant de trop gesticuler. La première paire menotte était déjà attachée aux barreaux du lit, il ne manquait plus que la deuxième : celle qui allait sceller son sort pour de bon.

8

« Clic... »

C'est fini. Je suis foutu, pensa Pierre alors que la deuxième menotte se refermait sur son poignet. Laurent se releva lentement sans quitter Pierre des yeux, comme pour être certain que c'était *bon* : il avait enfin réussi à maîtriser sa proie après un intense combat acharné.

Sylvie sanglotait. Du sang rouge vif coulait le long de sa lèvre inférieure. Pierre avait fait mouche.

— Est-ce que ça va, maman ? demanda Christine, inquiète.

— J'ai mal ! répliqua cette dernière.

Christine partit chercher une serviette dans la petite salle de bain située à côté de la kitchenette. On entendit alors de l'eau couler du robinet et elle revint aussitôt vers sa mère.

— Tiens, maman. Mets ça sur ta lèvre, ça empêchera qu'elle ne se gonfle.

Sylvie prit silencieusement la serviette et essuya délicatement le sang qui coulait de sa lèvre en poussant de légers cris de douleur à chaque pression. Pierre était quant à lui encore sous le choc. Il était essoufflé d'avoir autant crié et sa tête tournait. *Mon vieux, reprends tes esprits. Reprend tes esprits, maintenant ! Avant qu'il ne soit trop tard.*

— Ça va, mon *gendre* ? lui demanda Laurent, d'un ton moqueur.

— Qu'est-ce qui se passe ? Qu'est-ce que c'est tout ce cirque ?! lui demanda Pierre en essayant de garder son calme avec un succès modéré.

— Ne t'inquiète pas, tout va bien se passer. Je vais te faire découvrir comment nous, les *ploucs* de ce *coin paumé*, on s'occupe des éléments perturbateurs.

— De quoi parlez-vous ?! Qu'est-ce que je vous ai fait, bordel ?! lui répondit Pierre avec énervement.

En un éclair, Laurent bondit sur Pierre et lui entoura la gorge de sa main droite. Il serrait à peine mais le geste en lui-même suffit à remplir Pierre d'une frayeur indescriptible. Laurent se rapprocha ensuite de Pierre, si près que ce dernier pouvait littéralement sentir l'haleine putride de son beau-père lui caresser le visage. L'odeur immonde rappelait un mélange de tabac froid et d'alcool.

— Tu vas la fermer, maintenant. Si tu continues à jouer les effrontés, ton sort n'en sera que pire. Est-ce que t'as compris ? lui grogna Laurent, sa main toujours autour de la gorge de son prisonnier.

Pierre acquiesça en silence. *Qu'est-ce que c'est que cette histoire ? Que me veulent-ils ? Que fait Christine ? Pourquoi est-elle dans le coup ?* Une multitude questions sans réponses retentissaient dans sa tête.

Laurent enleva sa main et recula doucement, tout en fixant Pierre dans les yeux comme pour le mettre au défi de se remettre à crier. Mas le jeune homme avait compris la leçon. De toute façon, il se doutait fort bien que rien ne servait de crier : personne n'allait l'entendre au milieu de la forêt, encore moins à cette heure-ci. Il tourna la tête en direction de Christine, qui se trouvait debout, derrière Laurent et osa prendre la parole, cette fois-ci plus calmement :

— Christine ? Que se passe-t-il ? lui demanda-t-il tout en sanglotant. Les larmes montaient doucement et lui piquaient les yeux.

Christine s'avança et fit un signe de tête à son père. Laurent se leva et lui laissa la chaise sur laquelle il s'était assis.

— Pierre..., commença-t-elle en cherchant ses mots. Je n'ai jamais voulu te faire souffrir, tu sais. J'avais promis de laisser tout ça derrière moi mais tu ne m'as pas laissé le choix.

— Je... je ne comprends pas, Christine, bégaya Pierre, sous le choc.

— Tu ne comprends pas ? Voyons, pense à ce que tu m'as fait. Tout ceci est entièrement de *TA* faute, lui répondit-elle, quelque peu agacée.

— Comment ça de *ma* faute ? Qu'est-ce que j'ai fait pour mériter ça ? Ton père m'a menacé, frappé et m'a menotté à ce lit dans cette cabane miteuse, en pleine forêt ! Qu'est-ce que j'ai pu faire qui justifie un tel sort ?!

— Je sais tout, Pierre. Je... Je sais que tu m'as trompée, plusieurs fois même. Pour un gars qui bosse dans la banque, tu es drôlement inconscient avec la sécurité. Ton ordinateur est un gruyère et je ne parle même pas de ton téléphone. Tu pensais vraiment que je n'allais pas y jeter un coup d'œil ? Toutes ces prétendues soirées avec tes collègues de travail alors que tu batifolais avec je ne sais quelle trainée ! Tu pensais que c'était acquis, n'est-ce pas ? Tu es tellement *con* ! Je me demande encore comment j'ai pu tomber amoureuse d'un mec comme toi ! lui répliqua Christine, les larmes aux yeux.

— Christine… Je-je…

— Tais-toi, Pierre ! Je ne veux plus entendre tes sornettes. Trop, c'est trop ! Tant pis pour toi.

— Qu'est-ce que vous allez me faire ?

— Tu le sauras très bientôt, lui dit-elle en se levant, coupant court à la conversation.

Sylvie, toujours derrière Laurent, ne bougeait plus. Elle n'avait même pas l'air de vraiment se rendre compte de la situation. Elle était déconnectée de toute cette histoire.

Je ne sais pas ce qu'ils vont me faire mais Christine est devenue complètement folle. Peut-être que j'aurais plus de chance avec la mère, pensa Pierre. Son incompréhension initiale avait par la suite fait place à la peur mais c'était maintenant son instinct de survie qui primait. Il fallait qu'il tente le tout pour le tout pour se libérer de cet enfer.

Pierre ouvrit la bouche :

— Sylvie ?

Sylvie se tourna vers Pierre en silence, sa serviette toujours collée à la bouche. Elle avait l'air pensive. *Peut-être désire-t-elle mettre un terme à tout ça ?* pensa Pierre avec espoir. Il reprit alors :

— Sylvie, il est encore temps d'arrêter tout ça avant que ça n'aille trop loin. Libérez-moi, je vous en supplie. Je m'en vais de mon côté et je vous laisse tranquille. Vous n'entendrez plus jamais parler de moi, je le promets. Je ne raconterai à personne ce qui s'est passé, je vous le jure.

Pierre était tout à fait honnête… à ce moment précis du moins. La seule chose qu'il désirait en cet instant était d'être en sécurité et, surtout, de ne plus être menotté à un lit en pleine forêt avec ce fou de Laurent dans la même pièce.

Sylvie enleva alors la serviette de sa bouche. Du sang

séché recouvrait sa lèvre inférieure et son menton : Pierre l'avait salement amochée. Elle fit un pas en avant vers Pierre mais Laurent lui coupa la parole au moment où allait parler.

Sa grosse voix résonna dans la pièce :

— Ne pense pas que tu vas avoir ma femme comme ça. En plus d'être un petit *con*, tu es prétentieux. Personne ne t'aime ici. T'as compris ? Absolument personne. Tu es seul. Je hais les gens comme toi. Vous êtes tous plein de belles paroles mais vides à l'intérieur. Tu es un hypocrite et tu vas en payer le prix ce soir.

Pierre frissonna. *Payer le prix ? Que vont-ils me faire ?* Il décida néanmoins de rester silencieux. Il savait très bien que répondre à Laurent était une mauvaise idée. Il l'avait fait plusieurs fois dans la soirée et, à chaque fois, il s'était pris une énorme baffe ou s'était fait menacer.

Voyant que Pierre restait muet, Laurent s'avança de nouveau vers son captif et s'assit de nouveau sur sa chaise, avant de reprendre la parole :

— Bien... Je vois que tu comprends enfin comment marchent les choses ici. Tu la fermes et tout sera plus beaucoup plus simple pour toi... et surtout moins douloureux.

Douloureux... Pierre voulait rester silencieux mais il fallait qu'il sache à tout prix ce que Christine et sa famille de détraqués planifiaient de lui faire subir. Il ne put s'empêcher d'ouvrir la bouche :

— Qu'est-ce que vous allez me faire ?

— Disons simplement que nous allons juste prendre quelques parties de toi ! lui répondit Laurent en s'esclaffant.

— Comment ça ?!

— Oh, tu m'as très bien compris, lui rétorqua son *ex-beau-père* avec un sourire jusqu'aux oreilles.

— Christine ! Sylvie ! Aidez-moi, je vous en supplie !

Laurent s'approcha encore un peu plus de Pierre. Il

remonta son jean boueux, émit un long soupir et dit à son prisonnier :

— Bon, écoute-moi : j'ai deux confessions à te faire. La première est que tu n'es pas le premier à utiliser ce lit. La deuxième : cette forêt nous appartient. C'est une propriété privée donc rien ne sert de crier comme un goret. Personne ne viendra à ton secours. La seule chose que tu réussiras à provoquer, c'est ma colère. Et crois-moi, tu ne veux pas me voir en colère. Je veux dire, *vraiment* en colère. Tu comprends ?

Pierre acquiesça sans mot dire, ne sachant plus très bien s'il avait l'autorisation d'émettre le moindre son mais Laurent paraissait satisfait de cette réponse non verbale.

— Très bien, je suis content de voir que nous sommes sur la même longueur d'onde, continua Laurent. Je vais maintenant te raconter un petit secret. Mais avant, promets-moi de ne pas te remettre à crier et à gesticuler.

9

Pierre se sentait nauséeux. Il avait une boule dans la gorge qui grossissait proportionnellement à sa peur. Il suffoquait de terreur.

— Tu vois cette forêt, reprit Laurent d'un ton très professoral, comme s'il lui donnait un cours d'histoire-géo, elle appartient à notre famille. Mes parents sont tous deux décédés depuis plus de dix ans mais ils m'ont transmis un savoir inestimable. Mon père était médecin de campagne et j'ai suivi ses pas. L'école de médecine m'a appris quelques trucs mais c'est mon père qui m'a enseigné mon vrai gagne-pain.

Il se tourna ensuite en direction de Sylvie, qui était raide comme un piquet et blanche comme un cachet d'aspirine.

— Sylvie, passe-moi ma trousse, lui dit Laurent.

Cette dernière fit un signe de tête et s'aventura lentement dans la salle de bain avant d'en ressortir les bras chargés d'une grande trousse noire qu'elle déposa aux pieds de son mari.

— Cette trousse, c'est mon deuxième bébé, dit-il en l'ouvrant doucement. Vois-tu, c'est un instrument magique. Son contenu nous a permis d'acheter de nombreux terrains autour de Gourdon au fil des années. Elle appartenait à mon grand-père, à la base, mais ce qui s'y trouve à l'intérieur a quelque peu changé au fil des années. La technologie évolue et il faut bien s'adapter, n'est-ce pas ?

Laurent laissa échapper un soupir rempli de nostalgie, avant de reprendre :

— Bref, ne nous éparpillons pas. Je disais donc que nous avons désormais suffisamment d'argent pour ne plus avoir à *pratiquer* pendant de nombreuses années, peut-être même plus jamais ! Il ne faudrait pas être trop gourmand non plus. Le fisc n'est jamais très loin et ces salauds ont le bras long !

Il se mit à rigoler, visiblement fier de sa blague douteuse, avant de sortir un petit instrument métallique de la trousse. Pierre comprit tout de suite ce que c'était.

— Tu vois ce scalpel ? C'est mon joujou préféré, continua Laurent, tout en faisant doucement tourner l'objet sur lui-même.

— Qu'est-ce que vous allez faire ?! S'il vous plaît, ne faites pas ça, ne me faites pas de mal, supplia Pierre qui commençait à gesticuler de plus en plus.

— Arrête de bouger où je te coupe ! lui cria Laurent.

Mais les menaces de Laurent étaient désormais futiles. La vue du scalpel avait déclenché chez son prisonnier une série de cris couplés de sanglots et de mots incompréhensibles.

— Tais-toi, maintenant ! lui cria Laurent, visiblement irrité par tant d'agitation.

— S'il-vous p... plait. Ne faites pas ça, je vous en supplie !

Mais c'en était trop pour Laurent. Sa courte patience avait atteint ses limites, une nouvelle fois. Il approcha le scalpel de la joue de Pierre tandis que ce dernier essayait tant bien que mal de retarder l'inévitable. Ses mains tiraient sur les menottes, faisant couiner les barreaux horizontaux du lit auxquelles elles étaient rattachées. Il remuait la tête de tous les côtés en espérant trouver une échappatoire qui n'existait pas. Laurent lui plaqua sa grosse main gauche autour du front, essayant de maintenir sa victime tant bien que mal à sa place. Sa main droite, qui tenait l'instrument, entailla alors la joue gauche de Pierre. L'entaille n'était pas très longue : quelques centimètres au plus mais le sang giclait comme un tube de ketchup compressé par un bodybuilder. Il était allé relativement profond dans la joue, allant même jusqu'à râcler l'os dissimulé sous la chair.

Pierre ressentit alors une douleur intense. C'était froid et ça faisait mal, atrocement mal. Il criait de toutes ses forces, comme un animal prit au piège par des braconniers qui ne jouaient pas avec les mêmes règles que leur proie.

— Laurent, ça suffit ! s'écria Sylvie, visiblement écœurée par cette barbarie.

Laurent stoppa le massacre et se tourna vers sa femme. Sylvie reprit la parole, cherchant à raisonner son mari :

— Nous n'avons jamais été cruels avec nos *sujets*. Je te prie de garder un peu de professionnalisme. Pour l'amour du ciel, je n'ai pas envie de passer ma soirée à entendre des cris d'agonie !

C'était la première fois qu'elle élevait la voix. C'était même la première fois de la soirée qu'elle exprimait une pensée qui lui était propre

— Tu as raison… J'ai été un peu trop loin. Nous n'avons pas besoin de tout ce cirque. C'est juste qu'avec lui, c'est différent. Tu comprends mon amour, n'est-ce pas ? Il a brisé le cœur de notre fille chérie et il ne mérite pas de *partir* sans souffrir un peu. N'est-ce pas, Christine ?

Christine restait silencieuse. Son regard, qui était resté fixé sur Pierre durant tout ce temps, était difficile à cerner : il pouvait aussi bien exprimer de la pitié que du mépris. Peut-être était-ce les deux en même temps ? Elle quitta enfin Pierre des yeux et répondit à son père :

— Qu'on en finisse. Je n'en peux plus de lui.

Qu'on en finisse ?! Je vais mourir ici, dans cette cabane miteuse, charcuté par ce vieux psychopathe, pensa Pierre avec désespoir. Il fallait qu'il tente quelque chose, une dernière chose. *Je suis bloqué dans ce lit, la joue en sang. Que faire ? Essayer de convaincre la mère ? Ou Christine ? Peut-être que quelqu'un viendra à mon secours.* Mais cette pensée, aussi louable et pleine d'espoir fût-elle, ne paraissait guère réaliste à cette heure de la nuit et il le savait. La cabane était perdue au milieu d'une forêt sans nom qui appartenait, semblait-il, à la famille de Christine : personne n'allait venir à son secours et il fallait qu'il se fasse une idée. Mais Pierre savait pertinemment que sa seule stratégie, à l'heure actuelle, restait de gagner du temps coûte que coûte : retarder l'inévitable était déjà une petite victoire en soit. Peut-être que Christine serait plus encline à lui expliquer ce qui se tramait dans cette famille aux occupations plus que douteuses ? Peut-être même arriverait-il à lui faire recouvrer la raison ?

— Christine ! Pourquoi fais-tu ça ? commença Pierre. Tu vas gâcher ta vie. Toi et ta mère allez finir en prison pour les crimes d'une seule personne.

Laurent n'en revenait pas. Il était rouge de colère. Il commença :

— Espèce de petit c...

— Papa, laisse-moi faire ! le coupa Christine, désarmant au passage une situation explosive qui aurait pu très facilement virer à la catastrophe.

Christine émit un long soupir, avant de reprendre, s'adressant cette fois-ci à son *ex*-petit-ami :

— Pierre, je sais que tu as peur mais c'est normal, ne

t'inquiète pas. Tu n'es pas le premier à être menotté à ce lit. Ce n'est pas facile, j'en ai conscience mais je t'en prie, essaie de te contrôler. Ça ne fera qu'empirer les choses si tu résistes.

— Qu'est-ce que tu entends par *le premier*, Christine ? Tu as déjà fait ce genre de choses auparavant ?! lui demanda Pierre, choqué.

— Tu n'as donc toujours pas pigé... Bon, laisse-moi t'expliquer. Si nous avons autant de terrain, c'est parce qu'on a touché de gros pactoles. Mon père est médecin de campagne, ma mère femme au foyer, en apparence du moins. Moi ? Comme tu le sais je suis pharmacienne mais je ne suis pas allée en école de médecine pour faire carrière dans une pharmacie. Je l'ai fait avant tout pour aider mon père dans son activité. Je n'avais jamais travaillé, du moins pas officiellement, avant d'arriver à Bordeaux.

— Je ne comprends pas très bien le rapport ? demanda Pierre, complètement perdu dans cette histoire.

— Hé bien... Le rapport c'est que notre véritable gagne-pain est tout autre. C'est une *passion,* comme dirait mon père, qui part de mon arrière-grand-père. Il avait un penchant pour ça et la guerre lui a permis de pratiquer ce loisir quand bon lui semblait. Des personnes disparaissaient tout le temps durant l'occupation et personne ne se souciait vraiment d'eux pour enquêter, pas comme maintenant... Mais c'est mon grand-père, un homme d'affaire avisé, qui y a vu une opportunité commerciale. Mon père a simplement repris le flambeau et a développé au fil du temps un goût pour ça, lui aussi. C'est peut-être un truc de mecs parce que personnellement ça ne m'a jamais trop plu, tout comme ma mère. Mais bien que ça soit lucratif, ça reste une activité très risquée et c'est pourquoi nous avions fait le choix de tout arrêter. Nous avons maintenant largement de quoi vivre sans plus jamais nous soucier de l'argent. Mes parents n'avaient plus besoin de mon aide et c'est pourquoi j'ai pris la décision de partir de Gourdon pour m'installer à Bordeaux. Je rêvais de découvrir le monde, je voulais changer de vie et laisser tout ça derrière moi… jusqu'à ce que tu me brises le cœur !

Pierre ne comprenait toujours pas.

— De quoi tu parles ? Christine, ça n'a pas de sens !

La voix grasse de Laurent s'éleva alors :

— T'es vraiment pas fûté pour un mec qui travaille dans la banque, ah ! On vend des organes au marché noir. T'as pigé, là ? Et ce soir, ce seront les tiens qui vont payer nos prochaines vacances.

10

Pierre était à bout. Du trafic d'organes ?! Il n'en revenait pas. Jamais il n'aurait imaginé qu'une telle activité pouvait exister en France et encore moins pratiquée par sa belle-famille. Son *ex* belle famille, plutôt. Il fallait qu'il tente le tout pour le tout pour se dépatouiller de cette histoire s'il ne voulait pas finir en morceaux et être expédié dans un colis Fedex à l'autre bout du globe !

Il s'adressa de nouveau à Christine en évitant de croiser le regard de Laurent :

— Tout le monde sait que je suis avec toi, Christine ! Cette histoire va alerter la police. Je ne vois aucune échappatoire pour vous. Vous allez vous faire coincer, lui dit Pierre en essayant de faire appel à leur raisonnement.

Ils n'avaient pas l'air d'éprouver la moindre empathie à son égard mais cette famille de fous ne voulait sans doute pas se faire attraper et moisir en prison non plus.

Laurent et Christine se mirent à ricaner, visiblement peu inquiétés par les menaces de leur pêche du soir qui n'était certainement pas en état de négocier.

— On fait ça depuis des dizaines d'années ! Tu crois

vraiment qu'on n'a pas un plan bien rôdé en tête ? lui répondit Laurent d'un ton détaché, sans bouger d'un pouce, comme pour montrer qu'il n'était pas inquiété le moins du monde par les menaces insignifiantes de son ancien gendre.

Pierre sentit le maigre espoir qui lui restait encore le quitter doucement. Il était à la merci de Laurent. *C'est un professionnel, il a fait ça toute sa vie,* pensa le jeune homme qui n'en revenait pas de sa propre naïveté. Il fallait qu'il réfléchisse à un plan, et vite. *Réfléchi, mon vieux. Qui tient les rênes ici ? Sylvie ? Non, elle a l'air d'être ailleurs. Ton ex ? Elle est déjà plus impliquée, c'est vrai, mais n'est pas aussi aguerrie que son père. Laurent est le maillon fort. Il faut que je trouve un moyen de l'éloigner... diviser pour mieux régner.*

Soudain, un détail important lui traversa l'esprit. Non, c'était bien plus qu'un détail mais plutôt une pièce compromettante. Il prit la parole :

— Et ma voiture, vous en faites quoi ?

— On va la bouger avant que le soleil ne se lève, lui répondit Laurent, sûr de lui. On va la planquer dans la forêt : c'est notre domaine après tout. Les flics ne pourront pas venir sans un mandat, ce qui nous laissera assez de temps pour l'envoyer discrètement à la casse. L'argent ouvre de nombreuses portes. Certaines personnes sont prêtes à ne pas poser de questions si ça peut leur éviter des fins de mois difficiles... surtout dans un coin aussi pauvre. Mais ça, tu dois bien le savoir vu que c'est pour ça que vous escroquez les gens dans votre profession.

Pierre ne répondit pas à la provocation. Il avait d'autres chats à fouetter que d'argumenter sur sa profession qu'il n'appréciait de toute façon pas vraiment. Il décida de creuser un peu plus, espérant trouver une faille dans leur plan machiavélique.

— Comment vous allez bouger la voiture ?

— Comment tu crois qu'une voiture se conduit ? lui répondit Laurent en ricanant d'une telle sottise.

Christine laissa alors échapper un petit cri de stupeur.

— Que se passe-t-il, ma fille ?

— Heu..., commença-t-elle en cherchant ses mots avec précaution.

Laurent devina alors que quelque chose n'allait pas se passer comme prévu.

— Crache le morceau, lui ordonna-t-il, agacé par tant de mystère.

— La voiture ne roule plus, répondit la fille.

— Pardon ?! Comment ça, elle ne roule plus ? Tu étais censée lui *prétendre* qu'elle ne roulait plus, pas la détruire complètement !

Laurent était maintenant hors de lui et pour la première fois de la soirée, l'anxiété semblait le gagner. Sylvie s'était assise, toujours perdue dans ses pensées. La révélation de sa fille n'avait pas l'air de la tourmenter outre mesure. Le cœur de Pierre s'était mis à battre un peu plus fort. Pas de peur, cette fois-ci, mais d'espoir.

— Je sais papa, excuse-moi ! commença-t-elle, visiblement ennuyée. Je ne pensais pas qu'elle n'allait plus démarrer du tout !

— Tu es vraiment inconsciente. Tu roulais à combien ? Tu aurais pu te tuer ! lui répondit Laurent, tout en essayant de la faire culpabiliser.

— Il fallait que ça ait l'air réaliste. Je... je ne voulais pas que Pierre se doute de quelque chose bien qu'il soit à demi assommé par les somnifères. D'un autre côté, heureusement qu'elle est en panne sa voiture parce qu'il s'est précipité pour vérifier si elle démarrait toujours. Cet abruti ne me fait jamais confiance et veut toujours faire tout lui-même.

Bah vas-y, parle de moi comme si je n'étais pas dans la pièce, menotté à un lit poisseux dans une cabane au milieu de je-ne-sais où et torturé par ton père, pensa Pierre, irrité. Il réalisa alors que la cheville endolorie de sa prétendue dulcinée était miraculeusement guérie.

Tout compte fait, cette soirée n'était rien d'autre qu'un énorme mensonge, un complot pour le faire tomber et l'amener à se jeter de lui-même dans la gueule du loup. Les somnifères avaient très probablement été dilués dans la bière, au bistrot. *Pas étonnant qu'elle n'ait pas touché à sa bière. Le gérant était peut-être dans le coup aussi, l'argent ouvre bien des portes, après tout,* pensa-t-il amèrement.

— Réaliste ?! Tu as détruit la voiture, Christine. Pourquoi se casser la tête à le faire venir de lui-même si c'est pour se retrouver retardé par un énorme contre-temps ? J'aurais mieux fait de l'attacher à mon propre lit, chez moi, si j'avais su !

— Arrête de dire des bêtises, papa. Tu sais très bien qu'on ne fait jamais ça chez nous. C'est trop dangereux et encore plus lorsqu'il s'agit de mon ex petit ami ! C'est le premier endroit où les flics chercheront.

— Pourquoi tu ne m'as pas parlé de la voiture plus tôt ?! continua Laurent, sans prendre en compte les arguments avisés de sa fille.

— J'ai... j'ai oublié, bégaya Christine. Ce n'est pas comme d'habitude, papa. C'est l'homme avec qui je devais finir mes jours qui est en face de toi, pas un touriste paumé ou un vagabond sans famille qu'on a trouvé au bord de la route !

— Je m'en moque de cet idiot ! Comment as-tu pu oublier un détail aussi important ?! Non mais je rêve ! Sylvie, dis-moi que je rêve !

Sa femme resta muette, la tête penchée vers le sol. Constatant l'inertie de Sylvie, il s'exclama :

— Bien sûr, encore une fois je ne peux pas compter sur ma propre femme pour me soutenir ! J'en ai plus que marre de vous deux. Il y en a une qui ne fait jamais rien et l'autre qui veut trop en faire. Christine, je te signale que c'était *ton* idée. Si tu n'avais pas pleurniché en apprenant que ce petit con t'avait trompée on n'en serait pas là !

C'était l'injure de trop et elle explosa :

— Arrête de me parler comme ça tout de suite ! Je ne suis plus une gamine ! Tu es vraiment un hypocrite, tout de même. Je veux sans doute voir ce traître souffrir et sortir de ma vie une bonne fois pour toute mais ça t'arrange bien aussi ! Tu as toujours eu un penchant morbide pour *ça* de toute façon. C'est plus qu'une histoire d'argent. Il te fallait juste l'excuse parfaite pour recommencer et je te l'ai amené sur un plateau d'argent. Alors épargne-moi ta morale parce que tu ne vaux pas mieux !

Une fois son discours terminé, la jeune femme resta sur ses gardes pendant quelques secondes. Elle retenait sa respiration, s'attendant à ce que son père réplique mais ce dernier serrait les dents, comme s'il allait exploser. Christine savait très bien qu'il allait riposter d'une seconde à l'autre et elle ne voulait pas voir ça. Elle en avait assez de son père. Son père, vers qui elle revenait en courant sans cesse au moindre petit souci dans sa vie. Elle s'en voulait d'être aussi dépendante de lui.

Elle prit de nouveau la parole :

— Je vais m'occuper de la voiture. Tu vas voir si je suis bonne à rien !

Elle se dirigea en hâte vers la porte d'entrée, l'ouvrit puis la claqua, faisant trembler les murs en rondins de la petite cabane.

— Bordel ! Mais qu'est-ce que j'ai fait pour mériter un rejeton pareil. Sylvie reste ici, je vais m'occuper de cette foutue voiture. Surveille notre invité. Appelle-moi s'il y a un souci, OK ?

— Vas-y, lui répondit Sylvie d'un ton neutre. Ne soit pas trop dur avec elle, s'il te plait. Essaie de la comprendre. Prend le 4x4, les clés devraient être sur le tableau de bord.

— Je vais faire de mon mieux, lui répondit Laurent.

Il sortit à son tour par la porte d'entrée. Pierre entendit la grosse voix de Laurent murmurer quelque chose et Christine lui répondre d'un ton sec, mais ils étaient trop loin pour qu'il puisse en saisir le sens. L'une des portières du 4x4 claqua, puis la deuxième. Le moteur gronda dans la nuit et les pneus crissèrent.

Pierre était maintenant seul avec son ancienne belle-mère. Sans trop savoir comment, Il avait réussi à exécuter la première partie de son plan : diviser pour mieux régner.

11

— Excusez-moi, Sylvie. Est-ce que vous pourriez me donner l'heure ? demanda poliment Pierre.

Sylvie releva la tête et le scruta du regard pendant quelques secondes avant de regarder l'écran de son téléphone.

— Une heure du matin, à quelques minutes près.

Pierre acquiesça d'un hochement de tête. Les menottes lui faisaient mal aux poignets et des crampes commençaient à sévir le long de ses bras mais, fort heureusement, ses jambes étaient encore libres de se mouvoir.

Il faut que j'établisse une relation de confiance avec Sylvie afin qu'elle éprouve ne serait-ce qu'un peu d'empathie à mon égard. Ce n'est pas gagné mais ça reste la meilleure chance que j'ai, dorénavant. Christine me hait et Laurent me méprise... il m'a toujours méprisé de toute façon.

Pierre se rémora sa première rencontre avec les parents de Christine, deux ans plus tôt. Le couple était parti leur rendre visite pendant deux nuits durant les fêtes de fin d'année. Rencontrer sa belle-famille pour la première fois avait été terrifiant pour lui. *Ah, il y a des choses qui ne changent pas,* pensa lugubrement Pierre. Laurent lui avait paru au premier abord assez froid et brutal. Le seul moment où il avait l'air plus convivial était quand il se mettait à boire comme un trou à la fin du dîner. Quelque chose chez Laurent l'avait toujours mis mal à l'aise, de toute façon. Sylvie, quant à elle, avait eu l'air véritablement ravie de le rencontrer. Elle ne faisait que de sourire et complimenter sa fille sur son (très) bon choix.

Pierre n'avait revu ses beaux-parents qu'au Noël suivant. L'ambiance avait été relativement la même mais son beau-père avait cependant eu l'air de l'apprécier davantage. Pierre avait cru avancer dans la bonne direction avec son beau-père. Tout aurait pu se passer comme prévu s'il n'avait pas trompé Christine six mois plus tard.

Il éprouva alors un sentiment étrange de nostalgie parsemé d'amertume. Il ne put toutefois s'empêcher de revoir en boucle des scènes de ses précédentes visites, à la recherche d'indices évidents sur les activités secrètes de sa belle-famille mais ne trouva rien qui aurait pu l'avertir. Il frissonna. *Bon, ce n'est pas le moment de s'attarder sur ce point. Il faut que je trouve un moyen de me débarrasser de ces chaines avant le retour de deux autres,* s'encouragea-t-il intérieurement, essayant de laisser le passé au passé.

— Pourrais-je avoir de l'eau, s'il vous plaît ? demanda-t-il.

Sylvie ne lui répondit pas et se contenta de se lever silencieusement. Elle marcha en direction de la cuisine et ouvrit le petit réfrigérateur qui s'y trouvait. Elle y prit une petite bouteille d'eau puis s'approcha de Pierre jusqu'à être assez près pour le faire boire.

— Ouvre la bouche. Fais-moi un signe de tête quand tu veux que j'arrête.

Pierre s'exécuta. Sylvie déboucha la bouteille et versa doucement l'eau dans la gorge de son prisonnier. À peine la première goutte caressa-t-elle sa langue qu'il se rendit compte qu'il mourait de soif, littéralement. Les pintes de bière enfilées plus tôt, l'accident de voiture et l'effort physique constant qu'il avait dû exercer sur ses bras pour éviter que ses poignets ne s'effritent trop au contact des menottes l'avaient déshydraté. Il but les trois-quarts de la bouteille d'une traite malgré la difficulté qu'il éprouvait à ingurgiter dans cette position.

Une fois désaltéré, le jeune homme fit un signe de tête à Sylvie afin de lui faire comprendre qu'il en avait eu assez. Celle-ci retira la bouteille de telle sorte qu'aucune goutte ne tomba sur lui, remit le bouchon à sa place et la posa au pied du lit.

— Merci.

— Il n'y a pas de quoi, répondit-elle.

Silence. Pierre ne savait pas que dire. Sylvie n'avait pas l'air de vouloir lui faire de mal mais elle n'était pas très bavarde non plus.

— L'accident était prévu, donc ? demanda-t-il d'un air ingénu.

Bien sûr que c'était prévu. Rien n'avait été laissé au hasard...

— C'était notre plan, oui. Enfin, *son* plan. Tout a été planifié au détail près.

Elle fit une courte pause avant de reprendre son récit, confirmant ainsi les suppositions de Pierre.

— Le cafetier est un ami de mon mari. Laurent l'a payé pour y glisser des somnifères dans les bières. L'argent achète tout, même les amis.

— Je vois, répondit Pierre, pensif.

— Christine devait rentrer dans l'arbre en roulant le plus doucement possible afin de ne pas se mettre en danger.

Juste assez pour prétendre que la voiture ne marchait plus. Une carrosserie ça se froisse très facilement, tu sais. Sa cheville foulée n'était qu'un détail de plus pour te dissuader d'aller voir si la voiture roulait toujours... Mais ça n'a pas marché puisque tu es parti vérifier par toi-même.

Si je ne l'avais pas fait, Christine aurait probablement assuré que ma 206 était toujours en état de marche. Ils auraient sûrement continué leur boucherie un peu plus longtemps en pensant qu'ils avaient encore le temps de cacher la voiture avant que le soleil ne se lève. Cette pensée fit frissonner Pierre.

— Pourquoi n'avez-vous encore rien fait ? demanda Pierre.

S'ils voulaient en finir avec lui, pourquoi faire tout ce cirque et risquer de perdre du temps ?

— L'alcool dans ton sang doit d'abord être évacué avant de procéder à l'opération. Nous fournissons du sang et des organes : nous veillons toujours à ce qu'ils soient en bonne santé. Dans ce business, la réputation compte plus que tout. Si l'on délivre une qualité médiocre, plus aucun acheteur ne voudra faire appel à nos services. Non pas que cela soit problématique, après tout, nous nous étions rangés... enfin, c'est ce que je pensais. Cependant, les conséquences peuvent être plus graves que de simples acheteurs non satisfaits. C'est un milieu dangereux et les mauvais payeurs, tout comme les fournisseurs qui proposent des produits défectueux, se font éliminer.

Pierre hallucinait. Elle parlait de *ses* organes, de *son* sang comme s'ils n'étaient que de simples produits soumis à la loi de l'offre et la demande.

— Mais..., commença-t-il, redoutant la réponse que Sylvie allait lui donner. Vous n'avez pas peur que quelqu'un repère la voiture ? Il se peut qu'un automobiliste passe dans les environs, même à une heure pareille.

— C'est vrai. Notre plan comporte des risques mais cette route est très peu fréquentée. Elle ne mène à rien, si ce n'est à notre terrain. Les chances de croiser un automobiliste sur cette route en pleine nuit sont infimes mais peuvent augmenter drastiquement la journée. C'est pourquoi nous devons déplacer la voiture avant que le soleil ne se lève. C'est la partie la plus risquée de notre plan mais l'entrée de notre terrain n'est pas très loin.

— Comment comptez-vous la bouger si elle ne roule plus ?

— Laurent a un câble. Il la remorquera avec l'aide de Christine.

12

Pierre avait du mal à estimer le temps qu'il avait passé dans cette cabane miteuse, cloué au lit. Ses poignets commençaient sérieusement à lui faire mal. L'adrénaline s'était quelque peu atténuée, maintenant que ce fou de Laurent n'était plus dans la même pièce que lui. Mais ce n'était pas le moment de relâcher sa vigilance s'il ne voulait pas finir en morceaux.

Il avait lu dans des romans de fiction que les protagonistes arrivaient à se libérer de leurs menottes en se cassant les poignets. Cependant, dans sa position, cela lui paraissait impossible. Il ne savait même pas si cette théorie était vérifiée ou s'il s'agissait un mythe utilisé pour donner un moyen miraculeux au héros de se libérer de ses chaînes lorsque tout semblait perdu. Véridique ou non, cette technique était impossible à mettre en pratique dans une telle situation. Sa position allongée, avec ses bras au-dessus de la tête, ne lui permettait pas d'avoir assez de force et d'appui pour se casser les poignets. De plus, Sylvie aurait amplement le temps de le maintenir cloué au lit avant qu'il ne puisse se libérer complètement. La trousse à outils de Laurent était toujours au pied du lit. Il n'y avait vu qu'un scalpel mais, à en juger par la taille du sac, toute une panoplie d'instruments de torture devait s'y trouver.

Sa seule solution était de convaincre Sylvie. Il fallait qu'elle le libère d'elle-même... Non, il fallait simplement qu'elle lui enlève les menottes. Une fois debout, il pourrait peut-être tenter quelque chose et se libérer de lui-même. *Trouve une idée, mon vieux. Le temps presse, ils risquent de revenir à tout moment. Qu'est-ce qui pourrait la motiver à me retirer les menottes ?*

Le regard de Pierre se tourna vers le coin qui servait de cuisine puis s'aventura un peu plus à droite, là où se trouvait la salle d'eau. *C'est ça ! La salle d'eau. Si je pouvais m'y rendre... j'improviserai par la suite.* Cette faible lueur d'espoir suffit à faire battre son cœur à toute vitesse.

Il se racla la gorge, puis demanda à Sylvie :

— Sylvie... Il faut vraiment que j'aille aux toilettes. S'il vous plaît, je ne peux plus tenir, c'est urgent. Je ne sais pas ce qu'il va se passer mais j'aimerais au moins me lever une dernière fois et mourir dignement... si l'on doit en venir à ça.

Sylvie, toujours assise sur sa chaise, leva la tête vers Pierre. Ses joues creuses et ses cernes trahissaient une fatigue certaine mais son regard restait méfiant : elle ne lui faisait pas confiance et ça se voyait.

— Désolé Pierre mais c'est trop risqué. J'ai beau être contre ce projet complètement fou, je ne peux pas risquer que tu t'échappes et alertes la police.

Pierre se devait de trouver un contre argument, et vite. Il décida de jouer la carte de l'imbécile.

— Comment voulez-vous que je m'échappe ? J'ai des menottes aux poignets ! En plus, je ne connais absolument pas cette forêt. Je n'ai aucune échappatoire et je le sais...

mon seul espoir réside dans le fait de convaincre Laurent d'arrêter toute cette folie à son retour. Je vais lui parler d'homme à homme lorsqu'il reviendra. Peut-être pourra-t-on trouver un terrain d'entente ?

— Peut-être..., lui répondit Sylvie sans grande conviction.

Sylvie le fixait maintenant avec une certaine pitié. L'espoir naissant de Pierre lui faisait doucement monter les larmes aux yeux car elle l'avait toujours bien aimé, ce brave jeune homme de la ville. Elle avait été contre ce plan machiavélique depuis le début, sachant pertinemment que la tromperie qu'il avait commise ne justifiait pas un tel sort. Elle était sûre et certaine que Laurent l'avait trompée plus d'une fois, d'ailleurs, mais elle s'en fichait éperdument.

L'hypocrisie de son mari l'agaçait au plus haut point. Laurent n'appréciait pas particulièrement Pierre et voir sa petite fille chérie vivre sa vie d'elle-même était trop pour lui. C'était ça, la vraie raison : de l'égoïsme pur et dur. Et son mari s'en fichait de ce que sa femme pouvait penser, ou ressentir. Il se servait d'elle comme d'une assistante qui l'aidait inlassablement dans ses plans macabres. Sylvie avait finalement cédé pour sa fille. Si ça pouvait lui faire passer son premier chagrin d'amour, pourquoi pas. Après tout, ce n'était pas le premier crime qu'elle commettait pour quelqu'un d'autre.

Pierre n'était pas dupe, il savait très bien qu'aucune trêve ne serait déclarée avec Laurent. Il allait se faire découper en morceaux s'il ne trouvait pas un moyen de s'échapper dans l'heure.

— Est-ce que vous pourriez essayer de le convaincre ? continua Pierre sur sa lancée.

— Je vais essayer, d'accord ? répondit son interlocutrice avec un sourire forcé.

— Merci beaucoup, Sylvie. Je vais bien me comporter à partir de maintenant, je vous le promets. Peut-être même que l'on pourrait travailler ensemble dans le futur ! Je n'y connais rien en vente d'organes mais la finance ça me connait. L'argent laisse toujours une trace qui pourrait remonter à vous, un jour.

Il essayait péniblement de gagner sa confiance. Peut-être qu'en montrant qu'il pouvait apporter sa pierre à l'édifice, elle baisserait sa garde. *L'argent laisse toujours une trace, c'est sûr. Mais vu tous les hectares de terre qu'ils possèdent, leur jeu doit être très bien rodé déjà. Laurent doit connaitre les bonnes personnes dans le milieu. Le blanchiment d'argent n'est pas ma spécialité mais je doute qu'un bouseux comme lui puisse échapper de lui-même au contrôle fiscal avec une telle fortune. Des personnes doivent couvrir ses arrières, c'est sûr et certain.*

Sylvie soupira. Ses lèvres bougeaient mais n'émettaient aucun son : elle se parlait à elle-même. Elle baissa la tête, prit son front dans ses mains et se mit à réfléchir sérieusement à la situation. Puis résolument, elle se leva et s'aventura dans la cuisine.

Elle s'abaissa, ouvrit les deux portes du placard situé à côté du frigidaire, juste en dessous de l'évier, y glissa sa main droite et en sortit quelque chose de plutôt encombrant.

Pierre n'en crut pas ses yeux : Sylvie tenait maintenant dans ses mains une carabine. Le genre de carabine qu'utilisent les chasseurs pour abattre leur proie, mais cette fois-ci la proie c'était lui.

13

Sylvie avait la carabine braquée sur Pierre et s'avançait doucement vers lui sans le quitter des yeux. Pierre sentit son cœur faire des bonds dans sa poitrine : peut-être avait-il été trop loin ? Peut-être que Sylvie avait vu clair dans son petit jeu ?

— OK, Pierre. Je vais t'accorder ce dernier souhait. Je t'aime bien, tu sais, malgré la faute que tu as commise. Pas de geste brusque, d'accord ?

Pierre acquiesça en silence. Il éprouvait des émotions partagées. D'un côté, être autorisé à aller à la salle d'eau était une petite victoire mais d'un autre, voir son ex-belle-mère qui le menaçait avec un fusil de chasse n'était pas ce qu'il y avait de plus rassurant. Il était littéralement à la merci de Sylvie, sa vie ne tenant qu'à une pression de l'index sur la gâchette.

La femme sortit alors une petite clé de sa poche et prit de nouveau la parole :

— Voici comment on va procéder : je vais défaire une des menottes attachées aux barreaux du lit... celle de gauche. Ta main gauche sera quant à elle toujours attachée à l'autre bracelet. Avec ce bras maintenant libre, tu vas devoir attacher la menotte vacante à ton poignet droit, qui lui sera toujours rattaché au lit. Tu auras donc deux paires de menottes attachées au même poignet. Une fois que ça sera fait, je vérifierai que la menotte est bien fermée. Pas de coup fourré, OK ? Ne me prends pas pour une imbécile. N'oublie pas que c'est une faveur que je te fais là, Pierre. Au moindre geste brusque, tu prends une balle dans le crâne.

Pierre hocha la tête.

— Bien..., Je me reculerai ensuite de quelques mètres et je te lancerai la deuxième clé, celle qui te permettra de défaire la deuxième paire de menottes du lit. N'essaie SURTOUT PAS de défaire l'autre extrémité qui est reliée à ton poignet droit. Tu laisseras pendre cette menotte sans attache. Avant de te lever, tu me lanceras la clé et une fois le signal donné, pas avant, tu pourras te relever en douceur. Au moindre geste brusque, je tire. Ne m'oblige pas à la faire, Pierre.... Mais si tu m'obliges à le faire, prie pour que la balle te tue sur le coup. Crois-moi, tu ne veux pas savoir ce que Laurent pourrait te faire si tu tentes quoi que ce soit. Je ne pourrai plus t'aider... Est-ce que c'est clair ?

— Oui, c'est très clair, lui répondit-il d'une voix rauque, merci.

Il essayait de ne pas en faire trop, sous peine de trahir son plan. *Mon plan ? Quel plan ?* Se demanda-t-il tout d'un coup. L'arme braquée sur lui avait changé la donne et il ne se sentait plus aussi courageux. Son plan initial était d'atteindre la salle d'eau et de réfléchir à un moyen de retourner la situation en sa faveur. Pierre avait pensé à utiliser la force pour se sortir de ce pétrin mais deux éléments essentiels le faisaient maintenant douter de son héroïsme : les menottes aux poignets qui étaient un réel handicap et, surtout, son ex-belle-mère qui avait un fusil braqué sur lui. Tant pis, il trouvera bien quelque chose une fois le moment venu. Tout était une question de *timing*.

Sylvie se rapprocha prudemment de Pierre après avoir posé son arme à deux mètres du lit : assez loin pour éviter que le jeune homme ne l'attrape mais à portée de main pour pouvoir la reprendre en urgence si la situation dérapait. Elle se pencha au-dessus de lui.

— Attention, aucun geste de brusque.

— Promis.

Sylvie enfonça la clé dans la serrure de la menotte de gauche, celle attachée aux barreaux.

« *Clic...* »

Aussitôt elle recula de plusieurs pas, du côté du fusil. Pierre replia son bras gauche avec soulagement, même s'il était un peu engourdi. Des fourmillements lui parcouraient le bras. Il le remua doucement pour les faire partir, faisant vibrer les menottes qui émettaient de petits bruits métalliques, comme si elles célébraient une victoire, elles aussi.

— C'est bien, l'encouragea Sylvie, visiblement soulagée que la première étape se soit passée sans accrochage. Maintenant, attache la menotte disponible à ton poignet droit.

Pierre s'exécuta. Ce n'était pas une mince affaire. Son bras endolori et son manque évident de souplesse rendaient la tâche plus corsée qu'elle ne l'était déjà. Finalement, il trouva son poignet droit, ouvrit la menotte et la clipsa du mieux qu'il put. *J'ai toujours un bras prisonnier de ce maudit lit, ce n'est pas le moment de faire n'importe quoi.*

— C'est fait, annonça Pierre.

Sylvie revint vers Pierre en silence. Elle se pencha au-dessus de lui et vérifia que son poignet droit était correctement entravé. Elle recula une nouvelle fois, attrapa la carabine et s'éloigna encore un peu plus. Elle était maintenant à l'autre extrémité de la petite pièce qui faisait à la fois office de salon, de chambre à coucher et, visiblement, de salle d'opération.

— Je vais maintenant te lancer la clé qui va te permettre de détacher du lit la deuxième paire de menottes. Comme je l'ai dit, tu ne vas défaire que la menotte qui est rattachée aux barreaux, pas celle qui t'entoure le poignet. C'est compris ?

— Compris.

Elle braqua de nouveau la carabine sur Pierre puis plongea sa main gauche dans la poche de son jean tandis que son bras droit, aidé par son menton ensanglanté, soutenait péniblement l'arme. Elle lança ensuite la deuxième clé qui atterrit sur le torse de Pierre. Ce dernier la ramassa prestement avec sa main gauche et l'enfonça dans la serrure du dernier bracelet métallique encore attaché au lit.

« *Clic...* »

Il était maintenant libéré de ce maudit lit de camp dont le matelas puait autant qu'il était inconfortable. Sans trop de surprises, le bras droit de Pierre était tout autant engourdi que le gauche. Il se contorsionna pour retrouver une position normale et faire circuler le sang à nouveau.

La voix de Sylvie résonna alors :

— Bon... Maintenant tu vas te lever *très* doucement et tu vas marcher en direction de la salle d'eau. Tu ne fermeras pas la porte une fois à l'intérieur. Si tu ne fais pas ce que je te dis au mot près, tu te prends une balle dans la tête.

14

Au grand dam de Pierre, Sylvie ne paraissait plus aussi douce qu'elle ne l'avait été durant la première moitié de la nuit. Elle s'était complètement métamorphosée. Son ton avait changé et ses mots étaient plus durs. Pierre espérait que ça ne soit là qu'une manœuvre, un stratagème pour le pousser à bien se comporter mais il n'en était pas certain. Quoi qu'il en soit, il fallait qu'il fasse quelque chose pour se sortir de cette situation.

Il se redressa lentement et s'assit au bord du lit. Il avait mal au dos et sa tête tournait. Pendant quelques secondes, des taches blanches lui brouillèrent la vue. Il cligna des yeux plusieurs fois et se les frotta afin de les faire disparaître. Ça allait un peu mieux, maintenant. Il leva ensuite la tête vers Sylvie, comme pour lui demander s'il était maintenant autorisé à se lever. Cette dernière hocha la tête en silence et le jeune homme se leva alors, tout en douceur.

Il pivota sur sa droite et marcha vers la salle d'eau d'un pas lent. *Pas de gestes brusques, il ne faut pas que je lui fasse peur... pas maintenant.* Sylvie gardait ses distances : elle se tenait à plus de deux mètres de Pierre, prête à faire feu si quelque chose ne se passait pas comme prévu.

La tension était palpable et Sylvie avait l'air beaucoup trop stressée. *Elle a l'air encore plus stressée que moi,* pensa ironiquement Pierre. Il fallait qu'il désamorce cette situation qui risquait d'exploser à tout moment. Il ouvrit alors la bouche :

— Merci beaucoup.

— C'est pour évacuer l'alcool de ton sang plus rapidement, rien à voir avec de la gentillesse ou de la pitié.

Pierre n'en croyait pas un mot, ou presque. *C'est un mensonge, je le sais. Mais le fait est que si je tente le moindre truc, elle n'hésitera quand même pas à tirer.*

Il était maintenant au niveau de la petite cuisine. L'évier se trouvait en face de lui, à un mètre à peine. Le jeune homme y jeta un œil : des assiettes, fourchettes et couteaux à beurre séchaient sur l'égouttoir. L'adrénaline commençait à monter doucement en lui et il se voyait déjà prendre un couteau et menacer Sylvie. Mais son fantasme disparut aussi rapidement qu'il était apparu. *Qu'est-ce que tu vas faire ? Elle est à deux mètres de toi et a une carabine braquée sur ta sale caboche. Ce n'est pas un couteau à bout rond qui va changer la donne. En plus, je te rappelle que t'as les mains menottées.*

Pierre se résigna et s'avança lentement vers la salle de bain. *Si tu tentes quoi que ce soit maintenant, tu vas crever dans ce trou à rat. Il faut que le timing soit parfait. Patiente, mon vieux,* se dit-il pour s'encourager.

Il ouvrit la porte et fut accueilli par une forte lumière blanchâtre, comme celle des hôpitaux, qui lui provoqua de nouveaux maux de tête. Il entra alors doucement dans la seule pièce encore inconnue de la petite cabane. Sylvie restait vigilante : elle surveillait chacun de ses pas tout en gardant une distance raisonnable de sécurité. Sa carabine était en permanence pointée vers son prisonnier, l'index posé sur la gâchette, prêt à tirer en cas de besoin.

J'y suis enfin ! pensa Pierre qui fêtait intérieurement sa première vraie victoire dans son combat pour la liberté. Pour la première fois de la soirée, son geôlier ne pouvait pas apercevoir son visage, ce même visage qui ne pouvait s'empêcher de sourire. Mais son plaisir fut de courte durée, perturbé par les mots que son ex-belle-mère prononça alors :

— Tu vas laisser la porte ouverte. Je veux te voir à chaque instant. N'espère pas me bluffer.

Hé, merde. Je suis foutu. Elle m'a à l'œil, pensa Pierre avec amertume. Néanmoins, une telle demande ne lui paraissait pas tellement surprenante. Après tout, il pouvait très bien s'échapper par la petite fenêtre située au-dessus de la minuscule douche. Mais une telle prouesse aurait requis des talents de contorsionniste qu'il n'avait pas très certainement.

Il se devait quand même d'essayer :

— Vous... vous êtes sûre ? Promis, je ne tenterai rien. Ça me dérange que vous me voyez, je ne sais pas si je vais y arriver si quelqu'un me regarde.

Ce petit manège ne marchait pas avec Sylvie qui en avait vu d'autres.

— Je m'en contrefiche. Soit tu suis mes règles à la lettre, soit tu retournes sur ta couchette et tu te fais dessus. Elle fit une courte pause, avant de reprendre sur un ton plus calme qui trahissait ses véritables émotions : s'il te plait, Pierre. Ne m'oblige pas à faire quelque chose que je regretterai.

Comme si c'était la première fois, pensa-t-il.

— Je comprends.

Les toilettes étaient au fond. Il passa devant le lavabo et en profita pour y jeter un rapide coup d'œil mais ne vit aucun objet qui aurait pu lui servir. À vrai dire, il n'y avait absolument rien à se mettre sous la main, hormis une petite savonnette qui paraissait plus sale que propre. Le jeune homme surprit par la même occasion son reflet dans le miroir situé au-dessus du lavabo : il avait vraiment une sale tête. La blessure à son front, qui s'était transformée en un gigantesque hématome, était parsemée de couleurs vives qui n'annonçaient rien de très rassurant. Sa coupure à la joue gauche n'avait pas forcément meilleure allure non plus. Du sang séché s'y était agglutiné : on aurait dit la joue d'un clown triste sous la pluie.

Déçu de n'avoir aucune arme potentielle à sa portée, il n'avait pas d'autre choix dorénavant que de continuer sa marche vers les fameuses toilettes. Vider sa vessie était l'une des dernières choses auxquelles il pouvait se permettre de penser mais la vue du trône de porcelaine lui fit réaliser qu'il avait finalement une envie pressante. Il défit sa braguette et commença à uriner avec plaisir. Il jeta un regard en coin pour vérifier si Sylvie le regardait toujours : oui, elle le fixait toujours, sans éprouver la moindre émotion pour ce qu'il avait en dessous de la ceinture. Quand il eut fini, il tira la chasse d'eau et se dirigea vers le lavabo. Il tendit ses mains menottées vers le robinet mais fut interrompu par Sylvie :

— Tu fais quoi, là ?

— Heu... Je me lave les mains.

— Non, pas la peine. Allez, reviens et vas te recoucher.

Pierre s'exécuta. Ne pas se laver les mains après avoir fait son affaire était de loin la chose la moins grave de la soirée. Il sortit de la salle d'eau et longea le mur jusqu'à atteindre l'évier de la cuisine. Au moment où il allait tourner en direction de lit, un bruit de moteur se fit entendre au loin : une voiture arrivait.

C'est eux, pensa soudain Pierre, terrifié. *Ils reviennent et je n'ai même pas eu le temps de tenter quoi ce soit !*

Alors qu'il pensait que tout était vain, une opportunité en or... non, un signe divin venu tout droit des cieux se présenta à lui : surprise par le bruit du moteur, Sylvie s'était retournée vers la fenêtre qui donnait sur l'extérieur.

Le *timing* était parfait.

15

Pierre ne prit même pas le temps de réfléchir à un stratagème. Son instinct de survie avait repris le dessus. Il était devenu une bête prise en chasse par des braconniers et rien ne lui importait plus que sa propre survie.

Il parcourut les deux mètres de distance qui le séparait de Sylvie en une fraction de seconde et bondit sur elle tel un animal enragé. Celle-ci n'eut pas le temps de vraiment comprendre ce qui se passait. Les menottes empêchaient Pierre de bien se mouvoir et d'utiliser ses mains indépendamment mais ces mêmes menottes, qu'il avait vues jusque-là comme un handicap, pouvaient également lui servir d'arme improvisée.

Sans réfléchir, il joignit ses deux mains et effectua un mouvement circulaire avec ses bras, comme s'il tenait une batte de baseball invisible. La menotte qui pendait toujours à son bras droit devint alors une deuxième extension de ses mains, suivant leur mouvement circulaire avec une intensité beaucoup plus forte. La chaîne lui servait d'allonge et d'amplificateur.

La menotte en question percuta la mâchoire de Sylvie avec une telle force que le choc lui fit sauter quelques dents ensanglantées au passage. Son ex-belle-mère émit un cri de surprise et la douleur lui fit lâcher son fusil des mains. Déstabilisée, elle s'écroula à son tour. Mais Sylvie n'avait pas dit son dernier mot. À moitié sonnée, elle se trainait sur le sol pour remettre la main sur le fusil.

Pierre gaspilla quelques précieuses secondes : il n'en revenait pas que son coup ait eu autant d'impact.

Les mains de Sylvie grattaient le sol dans un état de demi-inconscience. Il ne fallait pas lui laisser la moindre chance de reprendre son arme. Voyant qu'elle était à deux doigts de mettre la main dessus, Pierre lui assena un deuxième coup de menottes qui vint s'abattre comme une massue à l'arrière du crâne de la pauvre femme. Du sang gicla et son ex-belle-mère poussa un grognement avant de s'immobiliser complètement.

Pierre se précipita vers l'arme et la prit dans ses mains. Elle était drôlement lourde et ses poignets menottés n'aidaient pas à la manipuler avec efficacité. Il se retourna alors vers Sylvie :

— Les clés, Sylvie ! Vite, passez-moi les clés !

Cette dernière marmonna des mots incompréhensibles. Sa respiration était rauque et des spasmes trahissaient son état critique. Mais Pierre ne s'en soucia pas. Il ne pouvait pas se le permettre : le temps pressait. Il posa son genou sur le dos de Sylvie pour la maintenir immobile et se mit à fouiller les poches de son jean, en vain. *Bon sang, elle a dû les cacher quelque part !*

À l'extérieur, le grondement du véhicule se faisait de plus en plus fort. Dans cette forêt de silence, il sonnait comme une alerte, un cor de chasse qui pouvait réveiller même les morts. Comme un cri de guerre avant la bataille finale.

Pierre n'avait plus le choix, il devait s'échapper. C'était maintenant ou jamais. Toujours la carabine à la main, il ouvrit enfin la porte d'entrée puis sortit. Mais une fois dehors, il fut accueilli par les phares d'un gros 4x4 blanc : celui de Laurent. Sans demander son dû, il prit ses jambes à son coup dans la direction opposée. Ses menottes et l'arme le ralentissaient grandement mais il n'avait pas le choix : il fallait qu'il tente le tout pour le tout.

À peine eut-il fait quelques mètres qu'il entendit la grosse voix de Laurent s'élever derrière lui :

— Nom de Dieu, il s'échappe !

Son ex-beau-père paraissait hors de lui mais Pierre n'avait pas le temps de se retourner pour vérifier ce que le reste de sa belle-famille allait faire. Il ne fallait pas perdre une seconde.

La voix de Laurent retentit à nouveau dans la nuit :

— Christine ! Va voir si ta mère va bien, je m'occupe de lui ! lui ordonna-t-il en refermant violemment le coffre de son véhicule.

Pierre était arrivé à la lisière de la forêt. Désorienté, il ne pouvait dire avec certitude si c'était le chemin que Christine et lui avaient emprunté, quelques heures plus tôt. Mais ce genre de détail lui importait peu : son seul but à l'heure actuelle était de semer Laurent le plus rapidement possible. Il penserait à s'orienter une fois son ex-beau-père hors de portée.

Une détonation sourde résonna soudain dans la nuit, provoquant l'envol effarouché d'oiseaux qui nichaient aux alentours. C'était bien le bruit d'un coup de feu, cela ne faisait aucun doute. Pierre s'attendait à être stoppé dans sa fuite à tout moment par une balle dans le dos mais il n'en fut rien. Grâce à l'obscurité, Laurent avait manqué son tir.

Pierre s'engouffra alors dans la forêt. Les arbres formaient un bouclier naturel contre les balles mais ralentissaient sa course. Son prédateur, bien que plus vieux et moins en forme, avait le net avantage d'avoir les mains libres, lui.

« Saloperies de menottes ! » grommela-t-il tandis qu'il essayait d'éviter les branches qui lui griffaient le visage. Il n'avait plus le choix, il fallait aller de l'avant.

Le jeune homme continuait sa cavale effrénée, guidé seulement par les rayons de la lune, dans cette forêt aussi lugubre que cruciale pour sa survie.

16

Il était difficile pour Pierre de savoir où il mettait les pieds. Ses chaussures de ville n'étaient pas adaptées à la course en forêt. Mais le jeune homme n'avait pas le choix et devait continuer de galoper dans la forêt sans relâche, tel un chevreuil pris en chasse. Laurent ne devait pas être très loin derrière lui et Pierre le savait.

Je crois que je l'entends ! Il est drôlement rapide, pensa-t-il en continuant sa course, de moins en moins confiant. Mais Laurent avait tout autant à perdre car, si Pierre réussissait à s'échapper, il passerait le restant de ses jours en prison à payer pour ses actes. C'était une vie contre une autre et la loi du plus fort allait décider du sort des deux hommes.

Avant cette expérience, Pierre se demandait souvent pourquoi des personnes prises en chasse dans les films d'horreur couraient en ligne droite au lieu de prendre un détour inopiné afin de semer le doute chez leur prédateur. Mais dans le feu de l'action, il comprit vite que varier sa trajectoire était une stratégie à double-tranchant. S'il bifurquait à gauche ou à droite, il allait inévitablement réduire la distance qui le séparait du psychopathe qui le pourchassait.

Son instinct de survie lui disait de continuer d'avancer, toujours tout droit.

Certes, il devait continuer, coûte que coûte, même si la fatigue, l'arme et les menottes ralentissaient grandement sa course. Mais sa respiration était haletante. Ses poumons le lâchaient peu à peu tandis que sa tête, de plus en plus privée d'oxygène, commençait à tourner.

L'inévitable survint finalement quand Pierre trébucha sur une branche morte en travers du chemin. Il fit un vol plané avant de retomber sur son flanc. Le fusil tomba à quelques mètres du jeune homme.

Son visage et ses vêtements étaient maintenant recouverts d'une boue épaisse. La chute n'avait pas été des plus douces et son épaule lui faisait un mal de chien. Mais il ne fallait pas baisser les bras. *Relève-toi maintenant, mon vieux, sinon c'est fichu pour toi ! Tu ne vas pas crever ici tout de même !*

Pierre prit son courage à deux mains et puisa dans le peu d'énergie qui lui restait pour se remettre sur pieds. Mais la situation était critique : Laurent le pistait sans relâche et le faisceau lumineux de sa lampe torche augmentait d'intensité derrière les arbres.

Il s'empressa de ramasser le fusil et l'épaula péniblement. Il n'avait jamais tiré avec une arme à feu mais il n'avait plus le choix. *C'est soit lui, soit toi,* se dit-il comme pour se rassurer de ce qu'il s'apprêtait à faire. Il visa en direction de la source lumineuse qui se rapprochait de lui à grands pas.

Il appuya ensuite sur la gâchette.

« Clic... »

Rien. Il essaya à nouveau.

« Clic... »

Toujours rien.

Il était paniqué. Pourquoi l'arme ne s'enclenchait-elle

pas ? Il se voyait déjà mort et enterré, ou plutôt en morceaux, quand il pensa au cran de sécurité.

Il inspecta l'arme, aidé par la lumière de la lampe torche qui continuait de s'approcher dangereusement. Il n'avait que quelques secondes pour trouver ce qui clochait. Il tâta le cran d'arrêt, le recula jusqu'à ce qu'il soit parfaitement enclenché et visa de nouveau en direction de Laurent.

« Clic... »

Le cran d'arrêt revint à sa position initiale mais aucun coup de feu ne se fit entendre.

— Haha ! T'es vraiment bon à rien, s'exclama Laurent. Regarde, c'est comme ça qu'on chasse le gibier !

Son arme hurla dans la forêt et une balle en sortit à une vitesse hallucinante. Elle trouva tant bien que mal son chemin à travers les obstacles naturels de la forêt avant de venir se loger dans l'épaule gauche de Pierre. Ce dernier trébucha, lâchant sa carabine.

C'en est fini pour moi, pensa-t-il en voyant sa vie défiler devant ses yeux.

17

Une douleur vive lui entaillait l'épaule. C'était chaud et froid à la fois. C'était sec et humide. Il n'en revenait pas : en l'espace de quelques heures on l'avait menacé, torturé, poursuivi et blessé par balle. Sa vie était devenue un véritable film d'horreur.

Mais Pierre ne s'avouait pas vaincu, loin de là. Sans qu'il comprenne comment, ses membres se mirent à bouger d'eux-mêmes, comme s'ils étaient possédés par une force nouvelle. Son instinct de survie avait pleinement pris le dessus et guidait dorénavant ses moindres faits ses gestes.

Il se traîna sur les coudes, essayant péniblement d'atteindre le fusil qui gisait au sol quelques mètres plus loin, lorsqu'il entendit Laurent remuer le feuillage. Que faire ? Son cerveau analysa la situation et un calcul presqu'instantané se fit dans sa tête : non, il n'avait pas le temps. Pierre se releva en grimaçant de douleur et partit se réfugier derrière l'arbre le plus proche. Laurent l'avait-il vu ? Probablement. S'il avait réussi à lui tirer dessus quelques secondes auparavant, cela ne faisait aucun doute qu'il savait où le jeune homme se trouvait maintenant.

Tapi derrière l'énorme tronc qui lui servait à la fois de cachette et de bouclier, Pierre se concentrait. Son ouïe se décupla : Laurent arrivait d'un pas décidé derrière lui et seule son audition pouvait lui permettre d'évaluer la distance à laquelle son prédateur se trouvait.

Mais les bruits de pas se firent alors plus espacés : l'homme avait ralenti sa cadence. Peut-être croyait-il bien faire ? Après tout, s'approcher aveuglément d'un danger potentiel était une mauvaise idée mais son allure ralentie offrait en contrepartie à Pierre le temps qui lui était nécessaire pour mesurer avec précision la distance qui le séparait de son braconnier.

Le bruit de ses pas qui foulaient le sol était plus fort désormais. La lumière de la lampe torche éclairait la forêt autour de Pierre avec plus de vivacité. Le jeune homme le savait : Laurent était maintenant tout prêt.

Toujours adossé à l'arbre, Pierre essayait d'identifier de quel côté son assaillant allait arriver. Il se concentra en limitant sa respiration du mieux qu'il put : aucun bruit parasite ne devait le gêner. S'il se trompait, il se retrouverait nez à nez avec Laurent et ses chances de survie seraient réduites à zéro. C'était l'*instant T*, là où tout allait se jouer pour lui et l'aboutissement d'une nuit forte en émotion.

Une branche craqua sur sa droite, avertissant Pierre du danger imminent.

Le jeune homme se décala alors progressivement vers la gauche en essayant de faire le moins de bruit possible pour ne pas alerter celui dont les pas continuaient de s'approcher sans relâche. Le canon du fusil de Laurent, encore chaud et fumant, commençait à apparaître derrière l'arbre tandis que Pierre continuait d'en faire le tour dans le sens opposé.

Celui-ci était arrivé de l'autre côté de l'arbre, à 180 degrés de sa position initiale, et il pouvait désormais apercevoir le dos de Laurent. Ce dernier était tendu, prêt à l'assaut. Soudain, il le vit pivoter sur la gauche, à l'endroit où se trouvait le jeune homme une petite dizaine de secondes à peine.

Un coup de feu déchira la nuit.

Laurent avait tiré un peu au hasard, sans voir Pierre mais persuadé qu'il y était. Il eut un bref instant de stupeur quand il comprit que le jeune homme n'était plus là. Mais le médecin était assez malin pour saisir ce qui était en train de se passer. Il pivota brusquement sur lui-même, prêt à en découdre, mais Pierre se jeta sur lui en premier de tout son poids.

Les deux hommes tombèrent lourdement. La carabine s'envola dans les airs avant d'atterrir un peu plus loin dans les broussailles.

Laurent chuta sur le dos et sa tête heurta l'une des grosses racines apparentes de l'arbre qui servait d'abri à sa proie quelques secondes plus tôt. Il voulut se relever, mais Pierre, assis sur son torse et mû par un désir irrépressible de vengeance, le dominait de tout son poids et de toute sa rage.

Laurent se débattait comme un diable. Il criait, non... il hurlait de colère et de stupeur, postillonnant à foison. Sa main droite tâtait instinctivement le sol à la recherche de son arme, tandis que son poing gauche lui assenait des coups pour le faire dégager.

Mais une colère insurmontable possédait le jeune homme. Il hurla à son tour, mais ses cris résonnaient comme un chant de victoire. Une rage monstrueuse s'était emparée de son être. La peur était totalement partie. Il n'était plus lui-même. Sa douleur à l'épaule paraissait être un lointain souvenir. Il ne sentait rien et ne voyait rien, hormis cet individu qu'il méprisait. La haine, celle qui vous dévore les entrailles, celle qu'il n'avait jamais connue, l'habitait.

Mais il fallait en finir. Pierre joignit ses mains entre elles et leva les bras au-dessus de sa tête, indifférent aux coups portés par Laurent et à ses tentatives désespérées pour se dégager de son emprise. Sa main droite avait abandonné la recherche de l'arme perdue et s'était décidée à prêter main forte à sa gauche. Mais ce n'était pas suffisant pour faire flancher Pierre.

Le jeune homme laissa alors s'abattre la massue humaine qu'il avait formée avec ses poings sur la tête de Laurent. Il frappa de toutes ses forces. Les bracelets métalliques des menottes vinrent ouvrir l'arcade sourcilière de son ancien beau-père et lui fracassèrent le nez par la même occasion. Ce dernier criait. Des hurlements de douleur s'élevait de cet homme qui avait passé sa vie à tuer. Il gesticulait de toutes ses forces ce qui manqua de faire chavirer Pierre par la même occasion.

Le jeune homme savait qu'il fallait qu'il redouble d'effort et de vitesse avant que Laurent n'arrive à se dépatouiller.

Il leva à nouveau les bras et les fit chuter une nouvelle fois sur le visage ensanglanté de sa victime qui s'amocha encore un peu plus.

Il réitéra son geste une troisième fois, puis une quatrième avant de s'arrêter, à bout de souffle.

Ce qu'il restait du visage de l'ex beau-père était maintenant méconnaissable. Des morceaux de chair pendaient comme les bandages d'une momie égyptienne. Ses yeux étaient boursouflés. Son nez avait disparu.

Laurent, ce tyran, ce tortionnaire, ce *tueur*... cet homme qui était devenu en l'espace d'un soir le cauchemar vivant de Pierre, n'était plus.

18

Pierre regardait la dépouille de son ennemi. Il éprouva tout d'abord un grand soulagement et laissa échapper un long soupir. Ensuite, des émotions plus complexes lui montèrent à la tête. Il réalisa soudain ce qu'il venait de faire : il venait d'ôter la vie à un être vivant, aussi abject fut-il. Le jeune homme s'en dégagea rapidement, comme s'il craignait d'être contaminé par sa nature maléfique.

Ses poignets lui faisaient atrocement mal. Les menottes lui avaient cisaillé les chairs au cours de la lutte.

Il se releva péniblement. Il était exténué, cassé jusqu'au plus profond de son être. Sa respiration était irrégulière et toute la douleur qu'il avait écartée lors de son état second revenait pour le frapper en pleine figure, avec plus de violence.

— Ne bouge plus !

Il reconnut la voix en une fraction de seconde. Christine se tenait là, avec dans les mains la carabine que Pierre avait laissée tomber lors de sa chute.

— Les bras en l'air ! intima-t-elle.

Pierre s'exécuta sans un mot. En se retournant vers elle, il vit que des tâches de sang maculaient son visage, ses mains et ses habits.

— Christine, je... je...

Elle éclata en sanglots et, dans un mélange de cris et de reniflements, parvint à articuler :

— Pierre ! Ma mère ! Qu'est-ce que tu lui as fait ?! Elle est morte, Pierre, MORTE ! Tu l'as tuée ! Puis, portant un regard horrifié sur le corps mutilé de Laurent, continua avec encore plus de mal : et... et mon père aussi !

Des larmes grosses comme des billes venaient laver le sang séché de ses pommettes.

— Ils ne m'ont pas laissé le choix, Christine ! Tu aurais fait la même chose à ma place. Je... je ne voulais pas finir en morceaux, dans un sac poubelle !

Pierre était irrité. En quoi était-il responsable de ce qui s'était passé ? Mais plus rien n'avait de logique. Trop d'évènements étaient survenus en très peu de temps.

— Tu as gâché ma vie, Pierre. Tu as vraiment tout fichu en l'air ! Moi qui voulais découvrir la ville, parcourir le monde avec toi... voilà que je me retrouve dans cet enfer. Tu vas crever, Pierre. Je vais te buter, tu m'entends !

Elle ne plaisantait pas.

Elle leva son fusil et son index ensanglanté pressa la détente.

Mais aucun coup de feu ne se fit entendre.

Sans demander son reste, Pierre profita de la situation pour prendre ses jambes à son cou. Il fallait qu'il mette le maximum de distance entre elle et lui avant la deuxième tentative.

Christine poussa un furieux hurlement de colère. Elle était à bout. La jeune femme vérifia l'état de la carabine : le cran de sécurité était bel et bien enlevé. Elle ouvrit ensuite le chargeur pour y compter les cartouches.... Rien. Le fusil était vide !

Elle s'avança vers le cadavre défiguré de son père, l'enjamba et empoigna l'autre fusil.

Elle releva alors la tête à la recherche de son ex-petit-ami mais il avait tout bonnement disparu. Elle éclaira les environs à la lampe torche mais sans succès. Ces vingt précieuses secondes gaspillées avaient suffi pour perdre sa trace.

Ses cordes vocales poussèrent alors un cri de désespoir qui résonna à travers la forêt. En l'espace d'une seule nuit, elle avait tout perdu.

La douleur et la peine étaient trop grandes. Demain, elle se fera arrêter par la police. C'était sûr et certain. Et une vie de cavale n'était pas fait pour elle qui n'avait jamais bougé de son coin, si ce n'est pour s'essayer à la vie citadine. Cette même vie citadine qui était maintenant responsable de tous ses maux.

Non, c'était impossible. Elle était sans espoir, sans aide et sans futur. Vivre, c'était mourir à petit feu.

Le canon du fusil tourné vers son cœur, Christine fit alors la seule chose qui avait encore un sens et appuya sur la détente.

19

Pierre continuait à avancer sans relâche, ne sachant pas vraiment si Christine le poursuivait toujours.

Soudain, il entendit un bruit sourd déchirer la nuit. Le jeune homme s'accroupit, s'attendant à recevoir une balle dans le dos à un moment ou un autre. Il jeta un bref regard derrière lui et tendit l'oreille mais Christine ne se manifestait pas.

Il se redressa finalement et reprit son avancée avec précipitation. Il ne fallait pas jouer avec le feu. Sortir de cette forêt maudite était sa priorité et il se devait d'atteindre son objectif maintenant qu'il était arrivé si loin.

Mais il était mal en point. Ses vêtements pleins de sang et de boue empestaient la mort et la transpiration. Son front était recouvert d'un immense hématome et l'arrière de son crâne abritait une bosse de la taille d'un poing. Sa joue était également dans un sale état, à la fois gonflée par les coups reçus et creusée par la coupure au scalpel que son ex-beau-père lui avait gentiment dessinée quelques heures auparavant. Sa blessure à l'épaule saignait et à cause des menottes, dont une paire pendait toujours le long de son bras droit, ses poignets étaient restés à vif trop longtemps. Mais le pire, c'était les maux de tête, et il se dit qu'il devait ralentir un peu son rythme pour tenir le coup.

Tout ce qu'il venait de vivre ces dernières heures lui revenait en bloc, dans leurs moindres détails : l'accident de voiture, les draps sales, le scalpel ... Laurent, Sylvie et Christine.

Mais il fallait continuer. Il fallait survivre...

Dans l'aube naissante, les oiseaux chantaient, visiblement peu perturbés par ce qui s'était passé cette nuit-là, non loin de leurs nids. Le soleil commençait à montrer fébrilement le bout de son nez et ses premiers rayons donnèrent à Pierre un nouvel espoir.

Il avait arrêté de courir. Il en était physiquement incapable, de toute façon. Mais pour autant, s'arrêter était hors de question. Il n'avait pas survécu à tous ces évènements pour crever ici, dans ce lieu maudit. Il n'allait pas servir de pâture aux insectes et autres animaux de la forêt, ça non !

Il ignorait s'il se trouvait toujours dans les limites des terres de son ancienne belle-famille. Mais en quoi cela pouvait-il l'intéresser, ces histoires de propriétés et de cadastre ? Tout ce qui lui importait à présent, c'était de retrouver la civilisation et de contacter la police. *Peut-être pourront-ils m'aider à retrouver ma voiture cabossée ?* pensa Pierre, qui se mit à rire franchement.

Son rire résonna comme un écho... avant qu'un bruit sourd ne lui réponde. Pas un bruit, non, un *doux ronronnement*. Une voiture venait de passer non loin de lui, il en était certain.

Il accéléra un peu plus le pas, le sourire aux lèvres. Il

savait que sa rédemption se trouvait droit devant lui. Il allait enfin retrouver le monde extérieur, et comptait bien en profiter à sa juste valeur. Son avenir lui tendait les bras.

Puis, il l'aperçut enfin : une belle route de bitume qui se présentait comme un tapis rouge vers la civilisation.

Quand il arriva au bord de la chaussée, Pierre se rendit compte que c'était une route départementale très peu fréquentée à cette heure matinale. Il tourna la tête à gauche, puis à droite mais ne vit aucune voiture arriver à l'horizon. Le véhicule qu'il avait entendu quelques minutes plus tôt était sûrement déjà loin.

Mais ce n'était pas grave, une voiture finirait bien par passer.

De toute façon, il avait toute la vie devant lui.

FIN

NOTES

Merci d'avoir pris le temps de lire « Promenade en forêt ». Pour vous tenir au courant des prochaines sorties, n'hésitez pas à souscrire à ma newsletter : https://mailchi.mp/5dc9f261e270/newsletter.

Vous pouvez également me faire part de votre avis à hardoin.alexandre@gmail.com.

Les avis en ligne sont, à mon échelle, le meilleur moyen de faire connaître mes livres. Si ce livre vous a plu, n'hésitez pas à laisser votre avis sur Amazon. Cela me sera d'une (très) grande aide. Merci d'avance !

Printed in Poland
by Amazon Fulfillment
Poland Sp. z o.o., Wrocław

58532949R00056